# 御広敷役 修理之亮

## 大奥ご免！

早瀬詠一郎

コスミック・時代文庫

この作品はコスミック文庫のために書下ろされました。

# 目次

# 一之章　将軍毒見役《どくみやく》

## 一

まことに不思議な御役《おやく》があるものだと、修理之亮《しゅりのすけ》は今になって思い返した。

「虚弱であれ」

嫡子《ちゃくし》となった修理之亮は、ことあるごと言われつづけた。

小身《しょうしん》の旗本とはいえ、十一代目となる桂家《かつらけ》を継ぐ伜《せがれ》に掛けることばにしては、いくらなんでもおかしい。

「上様に仕《つか》える身なれば、なにを措《お》いても壮健であるべし」

これが常識であり、武士町人に限らず、親が子に願う第一であるはずだ。

理由は一つ。祖父の代より、将軍毒見役を任じられていたからだった。

ただし幕府の職制に、毒見役の名は見られない。膳所台所方《ぜんどころだいどころかた》の下に、改役《あらためやく》の文字が見られるだけである。

それにしても虚弱ではと、思う者も少なくあるまい。が、病弱とはいささか意を異にした。

毒見とは口から入った物の、異変を気づくことにほかならない。猛毒は、匂いを嗅いだだけで分かる。しかし、微毒は健常な者には反応を起こさない。

少しばかり傷《いた》んだ魚など、並の者は平気で食してしまう。ところが胃腸の虚弱な者は、すぐ厠《かわや》へ駈け込むものだ。

生まれながらにして将軍となられるお方に、頑健な者は少ない。とするなら、似た体質にある者こそ、毒見役に相応《ふさわ》しかった。

祖父も、父も、兄までも色白で細身な上、少食を常としていた。

おかげで兄が十歳を前に早逝《そうせい》したことで、跡継ぎが修理之亮にまわってきたのであるが、修理之亮に限って、頑丈きわまりない身体に生まれついたのは致仕方《いたしかた》なかろう。

「御役返上となるかもしれぬ」

隠居する父が危惧したものの、修理之亮もまた色白にして細身、加えて美丈夫であったがため、難なく継承を認められた。

とはいえ、近所の手前は恥ずかしいことが多かった。

担ぎの魚屋が、豆腐売りに言う。

「このお邸《やしき》は、滅多に声を掛けてこねえ」

「おれのところも、そうさ。豆腐一丁も買わず、いつも卯花《おから》ばかりだよ」

安政と改元されて三年目の、二十四のときである。

お毒見をする者は、一人ではない。

膳奉行を筆頭に、百名ほどが台所方と称して控えていた。

「お初に、お目に掛かりまする。桂修理之亮にございます」

「桂どのの伜か、聞き及んでおる。なにごとも命じられるまま上様のため、精進致せよ」

ありきたりの文言は、一つとして難しい役ではないことを伝えたようなものだった。

――箸をつけて、食べりゃいいのだろう。

修理之亮は江戸っ子侍を任じ、つねづね町人になりたいと思っていた男である。

兄がいる頃からのことで、番町の邸を抜け出しては、麹町《こうじまち》の町人の子たちと遊ぶのを楽しみにしていた。

剣術も町の道場へ通い、型より実践とばかり木剣《ぼっけん》をふりまわすのを好んだ。

当然、腹が空《す》く。しかし、家では充分に食べさせてくれない。道場仲間の商家に行って薪割《まきわ》りをすることで、並の食事にありつけた。

「おまえは食べぬのに、身体が大きくなりますね。修理」

母は首を傾《かし》げたが、まさか一食余計に摂っているとは思いもしなかったろう。

それでも剣術の稽古に励むことで、細身を維持できていた。

城中に、毒見役が百人以上いるのはまちがいなかった。膳奉行も箸をつけたし、将軍近侍《きんじ》の小姓も箸を取っていた。

天下びと徳川将軍の膳ほど、大層なものはない。

朝餉《あさげ》を例に取るなら、まったく同じ二汁五菜の膳を二十も拵《こしら》えた。

「できましてございます」

台所頭《がしら》が一膳を膳奉行に差し出し、箸を取らせる。

「うむ。鯛《たい》の潮汁《うしおじる》は、吟味《ぎんみ》しておろうな」

「明け方、河岸《かし》よりもたらされた極上の一尾でございまして、脂が乗っております」

「脂はよろしくあるまい」

「むろん熱湯にて洗い流したのち、汁に仕立てました」

「味噌椀のほうは、浅蜊《あさり》か」

「まるで蛤《はまぐり》と見紛《みまご》うほどの大きさで、上総木更津《かづさきさらづ》より今朝」

二汁にして、これほどの贅沢である。五菜がどれだけ奢《おご》ったものか、見当がつこう。

この毒見が奉行を含めた十九人でおこなわれ、その各々《おのおの》に監察をする改役が一人付く。食した者に変化があるかどうか、見極めるのだ。四半刻《しはんとき》後、全員に大事なしとなってようやく二十の内の残った一膳が、将軍の前に供される。

もちろん冷めている。これを温め直したり蒸したり炙《あぶ》ったりするのだが、味が落ちるのは仕方なかった。

「上様は熱々の御飯を召し上がれず、蒸し直した飯でございますか」

「要らざることを、申すでない」

上役《うわやく》に咎《とが》められたのが、修理之亮には最初の強い違和感となった。

——なにごとも控えめで無難に恙《つつが》なく、これを上様が満足なさるはずなかろう。

修理之亮は、胸の内で叫んだ。

なんであれ一食において、少なくとも三十八名。これを三交替にすると、百名を超す毒見役が要る勘定になる。

「滅多に、と申すよりご当代にはないのだが、上様が鷹狩あるいは日光社参にお出掛けの際は、百余名みな同行致す。道中で供される水や器の数々を、ひとつ一つ丁寧に検見《けみ》せねばならぬ……」

「器を、舐めまわしますので？」

「馬鹿を申すでないっ。清水にて、浄《きよ》める」

一喝された。

噂だったが、将軍家定《いえさだ》は齢《よわい》三十四でありながら、外出のままならないほど病弱とは耳にしていた。

生来の体質に、黒船到来以降の異国との交渉が、重荷となっていたからにほかならなかった。

「気づいておろうが、上様のご心労は尋常ではない。固い物、冷たき物、灰汁《あく》の強い物などは禁物なり」

言われるまでもなかったが、そのどれもが修理之亮の好物なのだ。

――おれだけは腹を下さぬゆえ、役立たずであろう……。

見まわせば毒見役の大半が、蒲柳《ほりゅう》の質《たち》を露《あら》わにしていた。

白すぎる顔、手足は細く、胸板は薄い。覇気に欠ける目に、声は消え入るほどで、その唇は幸薄《さち》そうにも見えた。

ことごとく修理之亮と正反対なのも、違和感どころか場ちがいをおぼえたほどだった。

「それにしても、われらの昼餉は少なすぎる。これでは子守っ娘《こ》と、変わらないではないか」

将軍の居間とされる中奥《なかおく》で供される台所方の膳を、修理之亮は訴えた。

「弁当を持参致したいのですが」

「なにを考えておるのだ。上様のお毒見分も、腹の足しになるであろうに」

「ひと箸ずつでなくてよいと申されますのなら、喜んで平らげとうございます」

「呆《あき》れて、ものも言えぬな。桂、お役目をなんと心得る。断食に近い腹を作ってこそ、毒に気づく第一歩ぞ」

「断食、ですか……」

言ったなり、修理之亮の腹がグウと鳴った。

広い城中にも薫風《くんぷう》が吹き込んで初夏を匂わせたのは、梅雨明けだったこともある。

長雨が、そこかしこを洗い浄めてくれた。中奥では将軍の昼餉の仕度ができ、二十もの膳が並んでいた。

「桂。おぬしは今日から上様お側《そば》となり、お詰めの御膳役となった」

いきなりのことばが、膳奉行の口から出た。

二百二十石とはいえ、将軍お目見得《めみえ》の資格がある旗本である。この一年余で、幾度となく家定公の尊顔にも拝していた修理之亮だが、眼前で箸を取れというのだ。

間近に侍《じ》して毒見の箸を取れるとは、思いもしない僥倖《ぎょうこう》だった。

同輩も上司も、新参者のくせにとの目を向ける。そればかりか、命じた奉行までが怪訝《けげん》な顔をした。

いつも通り十九人が箸を取ろうとしたところ、老中の阿部伊勢守正弘《いせのかみまさひろ》があらわれたので、一同は畏《かしこ》まった。

伊勢守は先ごろまで老中首座にあったが、体調がすぐれないゆえと筆頭の座を降りていた。

確かに顔色はよろしくなく、歩くのも億劫《おつくう》そうである。

「上様ばかりか、諸大名までを味方に付けて異国との交渉をなさったがため、疲れたにちがいあるまい」

誰もが口にしたが、いずれ元に戻るであろうと信じて疑わなかった。

「修理、なにをしておる」

阿部正弘は、修理之亮を見て口を開いた。

「は。上様の最終膳を検見せよと命じられましたばかりでございます」

「奉行へ伝えたことばが、足りなかったようだ」

老中は膳奉行に向き直り、改めてことばを掛けた。

「台所役を解き、桂修理之亮を御広敷役《おひろしきやく》に致すと申したのだ」

「――――」

まさか、嘘でしょうの顔が中奥じゅうに拡がった。

青天《せいてん》の霹靂《へきれき》ともいえる異動は嬉しいというより、気味わるく思えた修理之亮である。

というのも七十年もの昔、十代将軍家治の世子だった家基《いえもと》が、十八歳にして急死したときがあった。

その直前、家基は鷹狩に出ている。狩に行くほどなら、身体が弱かったとは考えられない。

「すわ、お鷹場にて毒を――」

誰もが思い、毒見役たちが調べられた。

明らかな証拠は、出なかった。しかし表沙汰《おもてざた》にならない中で、お詰めの御膳役は切腹の憂《う》き目を見ている。

一説には長いあいだ幕閣を牛耳《ぎゅうじ》っていた田沼意次《たぬまおきつぐ》の画策かと囁《ささや》かれたが、むしろ次期将軍候補と言われていた松平定信のほうが疑われて当然なのだった。

その詰め役ともならず、修理之亮は毒見役ご免となった上、江戸城本丸の大奥との折衝《せっしょう》どころになる御広敷へ転出となったのだから、人事とは分からないことだらけである。

台所方の全員が見守る中、修理之亮は老中阿部伊勢守の背を見ながら、御広敷へ向かうことになった。

大奥という広大な女護ヶ島《にょうごがしま》と表御殿の緩衝《かんしょう》地帯であり、江戸城中にあって唯一女のいるところを、御広敷という。

「伊勢守さまに、うかがいます。わたくしは、なにゆえ台所方を追われたのでございましょう」

修理之亮が身をかがめながら小声で訊《たず》ねると、老中は鋭い目を返し、口をきつく閉じた。

かようなところでの問答は、人の耳があると諭《さと》したのだ。

台所方の一人として、修理之亮は一年ほど勤めていた。数人が控える中、家定の尊顔を拝したことが幾度かあった。

もちろん声を掛けられるはずなどなく、見向きもされないでいた。

その数ヶ月に一度の御座所控えの日、修理之亮は思わず声を放った。

「上様。本日の鯛、まことに美味《びみ》と申し上げます」

台所方の者が口を開いたので、家定はふり向きざま口元をほころばせた。が、小姓頭は「これっ」と言って、修理之亮を叱責《しっせき》した。直《じか》にことばを掛けるなど、もってのほかと言うわけである。

将軍が辞したあと、皆の前で油を絞られた。

「献上の鯛が、美味でないわけがあろうか。身のほどを知れ、身のほどを」

「されど、上様はお耳にされてすぐ、鯛へ箸をおつけあそばされました」

「偶然である」

その後も再び、似たような声掛けをして叱られている。

「今日の出汁《だし》があまりに上出来でしたゆえ、つい……」

「つねに上出来だ」

「いいえ。今日の出汁を作りし者は新参でして、なかなか見どころがあると思っておりました」

「おぬしなんぞその舌で、分かるものか」

「はぁ……」

頭を下げたものの、修理之亮は言い返したかった。

台所方の多くは胃腸が弱く、身体にさわるものを感知しやすいのは確かだ。しかし、味のよしあしを分かっていない気がしていたのである。

なるほど米や魚菜、味噌醤油に至るまで、吟味し尽くしたものばかりではあった。不味《まず》いはずはないだろう。

それでもと、修理之亮は言い返した。

「日によって揚がる魚は、旬であっても並の物がございます。また香の物など、取り出した者によって――」

「意味の分からん講釈なんぞ、もうよいっ。なんであれ、上様へ供す膳はその日一番の極上である」

　聞く耳を持つ上役ではなかった。

　——天下びと将軍が、味音痴であっていいとは思わないが……。

　こうしたことがつづいて、修理之亮は疎《うと》まれたにちがいなく、台所方をお払い箱になったのだとしか考えられないでいた。

　右へ左へと、中奥の廊下を進んだ。

　先を歩くのが老中であれば、急ぐものではない。角《かど》ごとに坐《ざ》す番士が、会釈をしてくる。後ろを進むだけの修理之亮だが、自分に向かって挨拶をされているようでもあり心地よかった。

　どこまで行っても、広い城中である。

「桂。話しておかねばならぬことが——」

　立ち止まった伊勢守は空き部屋とおぼしき十畳間へ、修理之亮をいざなった。

　一年半前まで老中首座として異国との折衝ばかりか、六十余州の大名たちから意見を募り、幕府の威厳を保ちつづけた阿部正弘である。

　その人が、旗本とはいえ台所方の新参者と二人きりで対面すること自体、あまりに奇妙だった。

「修理。上様より、聞き及んでおるぞ」

「なにを、でございましょう」

「臆することなく美味なりと申し、食事を楽しませてくれたと仰《おお》せである」

「お畏《おそ》れ多いおことば、末代までの誉《ほまれ》にございます」

「左様なありきたりのことば、この後は無用ぞ。上様もわしも、そなたの直情ぶりを好んでおるのだ」

「直情でございますか」

「うむ。公明正大にして、真っ正直。加えて、明けっ広げなところが気に入っておる」

「わたくしごとき小身旗本に目を掛けていただき、有難く存じます」

「左様に固くなるな。これより話すこと、心して聞いてほしい」

老中は膝をくずして、修理之亮に近づいた。

「…………」

修理之亮は目を白黒させ、次のことばを待った。

「本日をもって、桂の家を廃絶とし、改めて阿部家を興《おこ》す」

「は、廃絶に――」

自身の不始末により、関ヶ原以来の桂家二百二十石が武鑑から抹消されたのだ。隠居した父は悶絶《もんぜつ》、母は気を失い、三人ばかりの下男と女中が路頭に迷うのかと考えると、目が泳いでしまった。

「狼狽《うろた》えるでない。桂の姓を、阿部にせよと申しただけである」

「――。阿部になるとなりますと、わたくしが伊勢守さまの養子に」

「残念であるが、わが阿部家の世子《せいし》は決まっておる。そうではなく旗本千二百石、阿部家を創設するのだ。上様のご裁可も受けた」

「千二百石の旗本に、わたくしめが――」

「不服か」

「とんでもなきことでございます。しかし、なにゆえ斯様《かよう》な信じ難きことになりましたのでしょう」

「人材登用の、第一歩となろう。知ってのとおり異国船の上陸以来、幕府は未曽《みぞ》有《う》の困難の中にある。ところが六十余州は一つにまとまろうとせず、勝手な動きをしはじめた……」

城中に一年いるだけで、幕閣の要職にある者から大名の供侍《ともざむらい》に至るまで、寄ると触わると政《まつり》ごとの話になっているのは知っていた。

「開港するのはどこの湊《みなと》か。そこを異人が歩きまわるのだろうな」

「台場を造り砲門を備えるというが、途方もない銭《かね》が掛かるらしい」

「奥州の地は凶作つづきと聞いておる。先年の大変につづいての災難が、またぞろ……」

二年前の十月、江戸を大混乱に陥《おとしい》れた大地震は、幕府をはじめ諸藩の江戸屋敷の御金蔵を空にさせた。

ほとんどが悲観的な銭の話であり、次善の策すら思いつかないまま嘆くだけだった。

役職にある者とは保身に走りやすく、おのれの立場と俸禄を死守せんと、下にある者へ無理を強《し》いる。

一方、下の者は上にある者の怠慢ゆえとあげつらい、徒党を組んだ。

結果として幕閣から諸藩まで、どこでも二派に分かれてせめぎあうようになっていた。

「そなたに白羽の矢を立てたのは、どの派閥にも与《くみ》しておらぬゆえ」

「伊勢守さまに申し上げますが、台所方に徒党を組んでおる者はございません」

「知らぬだけ。膳奉行を頭目に戴く一派と、賄方《まいないかた》を差配する一派だ」

「なにをもって争いますのでしょう」

「銭の出どころだ。奉行一派は市中商家からの運上金を上げればよいと言い、賄方一派は毎日もたらされる食材すべてを献上させる代わりに空き地を与え地代の収入を許せと言う」

「どちらも一理ございますが、わたくしには声が掛かっておりません」

「修理はうるさそうであるからな。左様なことをしては、町人が泣きます。あるいはなんでも献上となると、よしあしの吟味が疎《おろ》そかになりますと」

「当然ではありませんか」

「そこぞ、そなたが煙たく思われるのは。両派とも、理詰めで物ごとを考えてはおらぬ。なにを措いても、欲しいのが袖《そで》の下だ。運上金を負けてやるから、こちらへ少しまわしてくれ。あるいは土地を与えてやったのはおれゆえ、礼金をねがうぞとな……」

「――――」

信じられなかった。将軍の御膳を設《しつら》えて毒見するだけの役目に、汚れた銭がからんでくることに。

「腐りはじめたのなら、元に戻さねばなるまい。その先鋒が、そなただ。上様がな、こう仰せであった。桂修理之亮なる台所方、伊勢、おまえに似ておると」

「ご冗談は、止《よ》しにねがいます」

「いや、供侍どもも申しておった。色が白く、内裏《だいり》顔。痩せつつある今のわしの、弟御《おとうとご》と申しても通じるとな」

「痛み入ります」

「そこで阿部の姓を名乗れ。福山藩先代の庶子にして末弟、これで通る」

「嘘をつけと、申されますのですか」

「上様の下命なるぞ」

「は、はぁ」

修理之亮は伏したが、顔だけ上げて疑問をことばにした。

「して、わたくしの御役が目指すところは」

「大奥の粛清《しゆくせい》となる。是非にも、やり遂げよ」

詳しいことは明日申すと、伊勢守は部屋をあとにしてしまった。

閉めきった十畳の小部屋で汗をかいたのは気づいていたが、手を添えたままだった袴《はかま》までグッショリとなっていたことにおどろいた。

二

家に帰ったとたん、父と母そして下男の六助《ろくすけ》に女中おひさとおたきに出迎えられた。

「おめでとうございます。修理之亮さま」

「修理、誉《ほまれ》に思うぞ」

口にした父は目に涙をため、母は声をしのんで泣きだした。

城からの使者が来て、千二百石になり阿部の姓を賜《たまわ》ったと伝えていたのだ。

「石高が千石も増えたゆえ、邸《やしき》の普請もできるであろう。家の者も、増やさねばなるまい。いや、めでたい」

「父上。浮かれるわけには参りません。攘夷か開国かの今、目立つことはお控えねがいます」

「そうじゃな。しばらくは、このままで参ろう。しかし、着る物だけは、揃えんと」

夏冬の紋付《もんつき》が一揃えしかない上、汚れが見えないところにできていた。

新しい役どころは、御広敷。江戸城の中奥のみので一日をすごす今までと異なり、市中の御用商人も来れば、大奥の女たちもあらわれる。

貧しい身なりは、幕府を貶《けな》すことにもなりかねないのだ。

早々に呉服屋が呼ばれたが、二十年ものあいだ来ないでいた呉服屋は、旗本阿部家は旧桂家であると伝えても分からず、あちこち迷った末やっと辿り着いたようだった。

「お久しぶりでございます。お可愛いらしかった修理之亮さまは、もう二十五におなりで。えぇっ、台所方でなく御広敷へ。ご出世でございますな。黒の絽《ろ》か紗《しゃ》で紋付、それと仙台平《ひら》のお袴《はかま》を明日中に？」

呉服屋の番頭は、在《あ》り物に紋だけを染めるしかありませんと、修理之亮の身丈《みたけ》を測って出て行った。

「餅屋は餅屋と申しますから、今日の明日でもなんとかなりますですよ、若」

下男の六助が笑いながら呉服屋を見送ると、入れ替わるように魚屋が盤台《ばんだい》から尾が顔を覗かせるほど大きな鯛《たい》を運んできた。

「えぇ阿部さまへと、申しつかって参りました。これはお台所でよろしゅうございますね」

「どなたよりの物か」

「備後福山藩お屋敷からでございます」

「おぉ、ご老中よりの御祝か。申すまでもなく、あちらも阿部さまだ。なにかの縁かもしれぬぞ、修理」

「…………」

縁どころか、藩主の弟と偽《いつわ》っての阿部姓である。幕府財政難の当節、まちがいなく千二百石は福山藩十一万石から出ているにちがいない。

台所では女中ふたりが、ワァキャァ言いながら鯛に包丁を入れる魚屋を見ていた。

老中首座から下りた伊勢守が、なにを考えてのことか見当もつかない。しかし、齢《よわい》二十五にして老中となって十四年も勤めている阿部正弘は、稀《まれ》に見る名宰相なのだ。

あの口うるさい水戸の徳川斉昭《なりあき》をして、瓢箪鯰《ひょうたんなまず》と言わしめた男である。

「丸い瓢箪をもって、ヌメリとした鯰を押えるがごとき食わせ者なり」

摑みどころがないくせに、しっかりとしているとの評価をされていた。

そんな攘夷一辺倒の斉昭を懐柔《かいじゅう》しつつ、ペリーの上陸を許した老中は、諸大名から市井《しせい》の町人にも広く意見を求めた。
が、激務が祟《たた》って体調を崩した。成り代わって修理之亮に、託そうとしている
ものがあるにちがいなかった。
「すべては、明日」
胸の内でつぶやき、もう少食とはおさらばだと、女中おたきに一升飯を炊《た》けと
命じた。

なんとか間に合った絽の紋付に新しい袴で登城した修理之亮は、番町の邸に近
い半蔵門口から御城に入ると声を掛けられた。

「阿部さま、徒歩《かち》で参られましてか」

千二百石の旗本なら、駕籠《かご》か供侍《ともざむらい》を従えての馬なのだ。

「いや。市中の様子を知っておきたいゆえ」

適当に答えたが、馬も駕籠も持っていなかった。

明日から町駕籠を雇うかと考えたが、駕籠となると吉原へ通うものしか思い出
せない修理之亮なのである。

よく通った。いや、つい先ごろまで通っていたところだった。

女好き。言われるまでもなく、十六のときから気づいていた。

麹町の商家で薪割《まきわ》りをして夕飯をいただき、帰ろうとしたとき番頭や手代が小僧を引きつれ外へ出るという。

道場仲間の一人はこの家の伜《せがれ》で、二つ上。一緒に行くはずが、腹を下したことで行けなくなった。

「修さんが代わりに」

なにげない番頭のひと言が、遊惰《ゆうだ》な道への切っ掛けとなってしまった。

どこへ出掛けるのか分からないまま、ワイワイ話しながらかなり歩いた気がする。着いたところが三都一の廓《くるわ》、吉原だった。

聞いてはいる。お女郎がなにをしてくれるかも、知っていた。

旗本の子とは言っても腰にあるのは稽古用の木剣で、髷《まげ》も武家のものだが猛稽古のあとで乱れていた。

「おや、二枚目。こりゃ花魁《おいらん》が、大喜びだ」

客引きの男衆《おとこし》が、修理之亮の袖《そで》を引く。しかし、懐《ふところ》には一文もない。

番頭が進み出て懐から一分銀《いちぶぎん》を握らせると、男衆によろしくと頼んだ。

「あたしらは各々《おのおの》馴染みの見世《みせ》がありますから、あとは勝手ということで」

去って行く番頭の背から、後光が射していたと思ったのは、だいぶ経ってからのことである。

初会《しょかい》は互いを知りつつ、盃《さかづき》を交すだけの吉原なんてぇは大嘘だった。なにも分からない修理之亮を手取り足取り、この世の悦楽をわずか半刻《はんとき》でもたらせてくれた。それも二度。

病みつきにならぬわけはないが、小身旗本の子に銭のあるはずもなかった。とはいえ、身体がおぼえてしまった快感は、一人でおこなう行為とは明らかにちがっていた。

花魁に逢いたい。その一心で、吉原へ通い詰めた。もちろん揚がれるわけもなかった。

「あれま、また来なすったか」

張見世の格子《こうし》ごしに立つ修理之亮に、男衆が笑い掛けた。しかし、返事などできる旗本の子ではない。

「おまえさまは、お侍の子でしたか。いえね、花魁があまりに熱心なのを見て、気の毒だって言うんだ。でも、身揚がりでとなると、こっちも困るんですよ」

「身揚がり、とは」

「手弁当で花魁が客を取ることでしてね、そりゃいけませんや」

わるいことは言わない、お銭《あし》ができたらいらっしゃいと帰されたのである。

翌《あく》る日から修理之亮は湯屋の薪割りをはじめ、せっせと銭を貯《た》めることに精出した。

旗本の子であるのを隠すため、髷を手拭で覆い、人の三倍も薪を作った。

お陰で十日に一度通えるまでになったが、その分腕も足腰も逞《たくま》しくなっていた。

その吉原通いで目にしたのが辻駕籠で、修理之亮は決まって駈けっこをしたからである。

思い出した。親の跡を継いだ一年前、旗本身分となったことで、通えなくなったのだった。

「阿部さま。いかがされましてか。物思いに耽《ふ》けるご様子に、声を掛けられずにおりました。御広敷口へ、ご案内致します」

磨き上げたような玉砂利を踏みながら、阿部修理之亮は待っているであろう難事を想い描こうとしたが、なに一つ浮かんでこなかった。

# 三

本丸では東にあたる一郭《いっかく》に、御広敷門が番所をもって開いていた。

広敷とはいうものの、六千四百坪ある大奥の十分の一にも満たないが、人の出入りは多かった。

思いのほか、町人が大勢いる。出入り商人らしく、腰を低くして歩きまわっていた。男ばかりか、女もいた。

ここに出入りできるのは、御用達の看板をもつ商家の者と大奥の限られた奥女中、そして修理之亮たち広敷役人だけである。

「小町娘がゾロゾロ。どっちを向いても、いい女ばかりだってさ」

「だろうなぁ、市中の美人を掻きあつめて押し込んじまってるところだもの」

まことしやかに囁《ささや》かれる話だが、将軍が手を付ける絶世の美女は広敷にまで出てこないものだった。

大半は子どもと呼ばれる端下《はした》女中か、商人を相手にきちんと交渉のできる古株の奥女中なのだ。

案の定、門を入った修理之亮は見目うるわしい女を見つけられないまま、玄関口の式台を上がった。

こちらへと通されたのは、襖《ふすま》が金襴《きんらん》の障壁画となっている部屋で、中奥の台所方が勤めていたところとは格のちがいを見せつけてきた。

「御広敷中之間《なかのま》でございます。こちらでしばらくお待ちを」

ひとり修理之亮は取り残され、手もち無沙汰《ぶさた》に周りを見廻すしかなかった。

やがて夏になるというのに、暑さを感じないのが不思議に思えた。

床ノ間には、ギヤマンの金魚鉢《ばち》。天井ちかくに欄間《らんま》がつづき、風が抜けるからのようだ。坐《ざ》した座布団も麻で、とにかく心地よい。

どれもが気の利いた設《しつら》えとなっており、上様ご寵愛《ちようあい》の女たちのためにあるのだろうと確信した。

実に静かだった。

表口には商人たちがいて、様々な品物を運び入れたり、次の品物をどうするか話しているはずなのに、この中之間にまでは聞こえてこないのである。

修理之亮にとって、感じること総《すべ》てが初めての経験なのはいうまでもなかった。

が、浮かれていては足元をすくわれるだろう。二百二十石が千二百石となった理由《わけ》は、考えるまでもなく命を賭けての奉公になるのだ。

蜥蜴《とかげ》の尻尾切りとされても、運よく腹を召さずに済んだならめでたいかと思ったものの、こればかりは自分ひとりの才覚だけではどうしようもないだろうと考えられた。

御広敷門を入ったとき、庭木が一本もなかったのを思い出した。

女の園に忍び込みたいという不届きな男、あるいは大奥から逃げたい女が隠れるところを排すためにあるにちがいなかった。

噂でしか知らないが、奥女中の中には女郎の足抜け同様の気持ちに陥《おちい》る者がいると聞く。

許婚者《いいなずけ》がいたにもかかわらず泣く泣く大奥へ召し出されたり、三年と決められていたにもかかわらず五年も宿下《やどさが》りを許されない娘がいるならば、隙《すき》を見て逃げたいであろう。

修理之亮は、大奥の粛清《しゆくせい》を命じられた。とすれば、こうした連中を取締る役になるのだろうが、老中の伊勢守はしきりと銭にまつわる話ばかりをしていた。

さらに、拝命したのが「御広敷役」のひと言であったことで、分からなくなってきた。

大奥に関わる総てのことが、ここで決められる。もちろん幕府評定所の了承と、将軍の裁可がなくてはならないが、まず覆《くつがえ》ることはなかった。

その最上位には江戸城留守居《るすい》がいるが、これは大目付や大番頭《おおばんがしら》などを歴任した古老で、お飾りでしかないという。

実質は御広敷番頭が立ち、お目見得以下の御広敷役人らを差配しているのだ。

「まぁ広敷に行かされるとなると、御台所《みだいどころ》さま御正室の膳に箸をつける役だろうな」

台所方の同僚が羨《うらや》ましそうに言うので、修理之亮は聞き返した。

「今よりいいということか」

「そりゃぁ、ことちがって男はおまえ一人。口うるさい奉行はおらぬし、美しい奥女中とことばを交す機会もあるはず。代わりたいよ」

阿部伊勢守と二人きりで話すまで、そう思っていたのである。

ところが石高が千二百、おまけに阿部の姓を賜《たまわ》った上、老中の弟を詐称せよとなれば、話はちがってきた。

将軍お目見得の旗本、それも大身《たいしん》である。いくら将軍正室の御台所さまであっても、千二百石が毒見役をするだろうか。

となると、毒を盛られるとの話が真実味を帯びる。もし、千石の旗本が身代わりになったとなれば、大奥粛清はやりやすくなるかもしれない。

修理之亮は今、広敷で最上の部屋となる中之間にいる。

──これは、いったいどういうことだ。

眉間《みけん》に縦皺《たてじわ》を寄せたとき、襖の向こうに人の気配が立った。

「大奥御年寄《おとしより》瀧山《たきやま》さま、ご出座《しゅつざ》にございます」

若い女の声がして、唐紙《からかみ》が音もなく開けられた。

瀧山の名を知らぬ旗本はいなかった。

「先々代の上様より仕《つか》える大奥の、老中と言われておる。つまり、御台所さまでさえ抑えられるお局《つぼね》さまぞ」

「お局、ですか」

「ご老女とも申すのだが、そんじょそこらの奉行なんぞ小僧扱いだそうな」

「芝居でいう悪婆《あくば》でございますね」

「だろうな。ねじくれた性格で意地のわるい嫌がらせをし、若い奥女中が幾人も井戸へ身を投げたと聞くよ」

「人を殺した責めは、負わないのですか」

「老中だぞ、女の。気がふれたのであろうのひと言で、なにごともなし」

台所方の仲間たちは、顔をしかめて修理之亮を脅《おど》した。

その女老中が、平伏す若い旗本の眼前に、白足袋《しろたび》を押しつけるように進み出てきた。

「お初にお目もじを致します。本日より御広敷役を拝命、名を――」

「みなまで申すことはない。阿部修理之亮であろう」

「いかにも。ご老中阿部伊勢守さまの――」

「存じておる。伊勢どのの、弟。さように偽《いつわ》れとのことも、わらわと伊勢どのの申しあわせぞ」

「はっ。なんとも面目《めんぼく》なきことなれば、恥じ入るばかりにございます」

額《ひたい》を畳にあて、修理之亮はきつく目を閉じるしかなかった。

表方の老中と大奥の老女とが談合した末、役立たずの旗本を木偶《でく》人形として送り込まれただけだったのだ。

――井戸に身を投げた娘たちの責めを、おれが一身に受けるのか。それとも御台所さまへ盛られる毒を、代わりに仰《あお》ぐのか。いずれにせよ、命はない……。

「これ。いつまでも這《は》いつくばっておらず、面《おもて》を上げよ」

瀧山の声柄は、命じていながら腹の底を温めてくる響きがあった。

「修理之亮めにござりまする」

顔を上げながら名乗ると、瀧山は口元を押えて微笑《ほほえ》んでいた。

先々代将軍から仕えた老女で、大奥の筆頭職である。町なかの齢《よわい》五十をすぎた婆《ばあ》さんであろうとばかり思い込んでいたが、自分の母よりずっと若く見えた。

「もの珍しげに、わらわの顔になにか」

「あまりに、その、お若いので。いいえ、お美しいと……」

ことばに詰まったのは、大奥に召されただけあって美人だったからである。

「当節は、さまで歯の浮く煽《おだ》てことばを耳にせなんでいた。それも美丈夫《びじょうふ》な旗本の口より出たこと、嬉しく思います」

「煽てなどではございませぬ。まこと國貞《くにさだ》の女絵を見るがごとし」

「ほほほ」

見たことのない笑い顔に、修理之亮は酔いそうになった。

こんな五十女が、本丸御殿の大奥にいることに。

考えるまでもなく、市井《しせい》の垢《あか》に汚れることはなかったろうが、将軍や御台所に気を遣い、四方八方から向けられる矢に休むまもないにちがいあるまい。

それでも美しく、品がある。

聞いた話では、十四のときに大奥へ上がり、将軍の手が付かないまま今に至っているとのことだった。

見上げれば見上げるほど、いい女なのだ。

将軍や大名に限らず政略をもって迎えられた正室の大多数は、色気も華もない女と言われている。

こうした政略婚が代々つづけば、美男美女が生まれるわけもなく、登城する駕《か》籠《ご》から出る大名に美男を見たことはない。

上座にすわった瀧山が、修理之亮をしげしげと見つめてきた。

「なるほど、そなたは伊勢どのに似ておりますね」

「お畏《おそ》れ多いおことば、申しわけなく存じます」

「さように恐縮するものではない。旗本千二百石、堂々とふるまうがよい」

「一つうかがいます。わたくしの広敷でのお役目は、なんでございましょうか」

「わらわの、楯《たて》となってほしい」

「――。楯となりますと、お毒見を」

「確かに、そなたは台所方の改役であった。が、本日より御広敷役と命じられたはず」

「ということは、御広敷番頭の下にて、大奥のご重役方を警固《けいご》いたせと仰《おお》せですか」

「伊勢どのより、聞いておらぬか」

「いっこうに」

「大奥を粛清せよ、と」

瀧山の声が小さく鋭くなっていた。

「――、聞いておりますれど詳しくは」

「なれば、改めて申しつける。御広敷役なる名は、職制にはありませぬ。また番頭は御広敷にあって唯一、お目見得できる旗本」

「となりますなら、わたくしは番頭格でございますか」

「先走るでない。御広敷役とは名目にすぎず、そなたは大奥への敷居をときに跨《また》ぐのです」

「えっ。大奥へ――」

「声が高い」

「一歩でも中に入ったとなれば、切腹では済みませぬ。お家断絶、一族郎党は遠島となり、わたくしは打ち首」

「その覚悟は、あってしかるべし。しかし、それをしてもらわねば、大奥は旧態依然のまま」

「ま、まったく理解のほどを越えております。なにゆえ、大奥に男のわたくしが――」

怖いどころか危険きわまりない提案に、修理之亮の金玉は縮み上がった。

「そなたの素行は、徹底して調べ上げました。剣の腕が立つ、人柄は江戸っ子ふうの直情なれど丸い。加えて女に目がない」

「女とは、いささか」

「いささかと申すわりには、吉原通いが過ぎているとの調べがありまする」

「吉原のほうは、ここ半年余まったく――」

「毒見役が、おかしな病《やまい》を遊女よりもらうわけには行かぬであろう」

「くわぁっ。よくご存じで」

「なんであれ修理、そなたよりほかにおらぬのです。上様も修理なればと、内々《ないない》のお墨付をなされておる」

「大奥へ足を踏み入れることを、でございますか」

目を剝《む》いた修理之亮に、瀧山はやわらかくうなずいた。

「わらわは阿部とは申さず、そなたを修理と呼ぶ。居室は下《しも》の御錠口《おじょうぐち》横、奥番衆詰処《おくばんしゅうつめどころ》。まずは今宵《こよい》、典医の助手として参れ。手はずはととのえておく」

言い置いた瀧山は裾《すそ》をひるがえすと、堂々と出ていった。

「う、嘘だろう……」

見送って顔を上げた修理之亮は、すぐに立ち上がれないでいた。

喉はヒリつき、冷や汗が新しい紋付《もんつき》を濡らし、こわばった顔は息をなんど吐いても元に戻らないままだった。

御広敷の御錠口といっても、将軍が大奥へ入る御鈴《おすず》廊下のそれとはちがい、下《しもの》御鈴廊下という。

大奥とは、閉ざされた廓《くるわ》とは趣きを異にする。火事に限らず、危急の際に将軍だけはなんとしても守るのが必定《ひつじょう》であり、そのための出入口は幾つかあった。

もちろん御錠口の近くには伊賀者の勤番処や、番士が控える詰所《つめしょ》もある。

修理之亮の居室となったのは、その隣の細長い十二畳の部屋だった。二間《にけん》の押入れがあるが、片側は銅を張った壁で大奥となっていた。

御役が異例であるのと、一部の者しか知らされていないことから、供侍《ともざむらい》ひとり付けられないようだ。

手持ち無沙汰、なんてものではなかった。壁と襖《さえぎ》に遮られた密室は、昼でも灯《あか》りを必要とした。

——まるで監禁だな、茶坊主が湯を持ってくることもないのか……。

一つある大火鉢の中では、鉄瓶《てつびん》がチンチンと小さな音を立て、部屋の主《あるじ》を笑っている気がしてならなかった。

こうと知っていたなら、書物の一冊に昼夜の弁当を持参すべきだったと悔んだ。

城中で、ひもじいことは慣れている。それでも毒見のひと箸は、腹の足しだったのだ。

が、それすらない。監禁以上の拷問《ごうもん》に思えたとき、襖の外に声がした。

「昼餉《ひるげ》に、ございます。お開けしてもよろしいでしょうか」

「——」

耳を疑った。女の声に聞こえたのであれば、夢を見ていたか気がおかしくなったかである。

修理之亮はおのれを奮い立たせるべく、ゴホンと大きく咳払いをした。

「お着替え中に、ございますか」

女の声だ。それも若い女で、甘ったるい。

狐《きつね》が化けて出るには、まだ早かろう。そうでないなら、井戸に身を投げた女の怨霊《おんりょう》か。脇差の鯉口《こいくち》を切り、みずから襖に手を掛けた。

「あれっ」

小さな悲鳴が、片手を後ろについた女の口から洩れた。

「そなたは女、であるか」

「はい。奥女中として今年より上がっております御使番《おつかいばん》、おちよと申します」

年の頃十六か七、丸みを帯びた顔だちと黒々とした髪をもつ小女《こおんな》は、町場に置けば小町娘そのものだった。

「大奥より、ここへ？」

「はい。御広敷で交渉役をなさる表使《おもてづかい》さまより言付《ことづ》かり、阿部修理之亮さまへお昼をと言われて参りましてございます」

箱膳が女の前に置かれ、嬉しいことに湯気が立っていた。

「この広敷にて作りし膳か」

「いいえ。大奥御膳所《ごぜんどころ》より今」

「一旦外へ出て、参ったのか」

「御錠口はそこに、ございます」

「開け放してあるのか」

目を丸くした修理之亮を見て、おちよは口に手をあてて笑いを嚙み殺した。

なにも知らない役人と、揶揄《からか》われたようだ。

思い出した。吉原へ通った中で一度だけ、見世《みせ》一番の花魁《おいらん》を買ったときがある。

懐《ふところ》の淋しい旗本の小倅《こせがれ》には、なにからなにまで初めて尽くしだった。

「主《ぬし》さんは、なに一つ知りいせん」

そう言ったのは、花魁づきの禿《かむろ》と呼ばれる子どもだった。その笑い方に、そっくりである。

無垢《むく》で、純真。なにを言っても、悪い気にさせないのだ。そんな禿も、時を経るにつれ知恵をつけると可愛げが失《う》せた。

まだなんとも言えないが、吉原の廓に多少なりとも通じている修理之亮は、このこと一つで気づいてつぶやいた。

「粛清とは、無垢な女たちの放逐かもしれぬ……」

「えっ。ほうちくでございますか？」

御使番に返事をされ、なんでもないと頭をかいた。

「遠慮なく御膳を、いただこう」

おちよは部屋に入ると、箱膳の蓋《ふた》を取り、修理に箸を手渡してくれた。

「あ、開け放しのままでした」

言ったなり、廊下との境を閉めていた。

二人きりの中、御使番の小娘は飯をつける。修理之亮はよそってもらった飯碗から、いつもの癖で小さな一口を摘まんで口に入れてしまった。

笑われた気がした。大の男が、である。

幸いにも、おちよが町娘ふうだったので、商家でご相伴《しょうばん》にあずかったときを思い出し、堂々と食べられた。

御使番は火鉢の鉄瓶から、持参した土瓶へ湯を注いだ。

城中の役人は、番茶と決まっている。ところが煎茶《せんちゃ》は、奉行以上の旗本に限られるものだった。

「お味加減は、いかがでしたでしょうか」

訊《たず》ねられたものの、しどろもどろとなった。若い娘と二人きりの部屋で食べる物に、味はあってないようなものなのである。

「いや実に結構な、と申し伝えてもらおう」

「申し伝えます。のちほど八ツ刻《やつどき》に粗菓と水菓子をお持ち致しますが、ほかに御入用な物は」

「別に、これと申して」

断わったが、そなたが夜伽《よとぎ》に参ってくれるなら嬉しいと、心底言いたかった。

もちろん迎えたが最後、打ち首が待っている。隣の伊賀勤番処と向かいの番士詰所には、厳しい目が光っているのだ。

膳を下げていった女の残した色香を、修理之亮は力いっぱい吸いつづけた。

約束どおり八ツ刻に水菓子は枇杷《びわ》、それと瓦煎餅《かわらせんべい》のようなものがもたらされてきた。

運んできたのは、おきくという同じ御使番の娘だった。細面《ほそおもて》の、あごと鼻が尖った美人で、愛嬌《あいきょう》に欠けるが目元に色が漂っていた。美しい女の到来は有難いが、考えるまでもなく修理之亮の首実検なのである。

「おちよ、手を握られはせなんだか」

「嫌らしい目つきで、舐めまわすような真似はされなかったか。おきく」

問われた二人の御使番は、なんと答えるだろう。

「手を触れては参りませんものの、近づいて首の後ろあたりを犬のように嗅いでこられました」

「もともと嫌らしい男だと思います。それを本人は知っているがゆえ、度々わたくしから目を離すことを繰り返したにちがいありません」

そう答えられたら、ちがいますと言い返せる修理之亮ではなかった。当たっている。嫌らしい男であるのが。

千二百石の御広敷役となったのなら、心を入れ替えて忠義を尽くさねばとは思う。

しかし、修理之亮はいまだ独り身なのだ。考えてみれば、これほど過酷な試練はほかにあるまい。

好物を前にお預けを食らわせることは、馬の鼻づらに人参をぶらさげながら走らせるのと同じだった。

「さぁ走れ。好物の人参が、目の前にある。走り終えたなら、たらふく食わせてやるぞ」

いつ終わるとも知れぬ新役には、成就《じょうじゅ》のことばがないのではないか。

気づけば修理之亮は三十の声を聞き、身も心も襤褸雑巾《ぼろぞうきん》となっている姿が想い描けた。

「修理、ご苦労であった。もとの二百二十石に戻り、桂の姓を名乗るがよい。あとは次の者に任せる」

これは生きていればの話で、早々に不用とされたときは毒を盛られるだろう。

「惜しい男を亡くした。毒見役として広敷にあったが、何者かによって……」

うやむやにするのが得意の、御城なのである。井戸に身を投げた女の因果関係が、いまだ明白になっていないように。

ため息を洩らした。

「人身御供《ひとみごくう》なのか、このおれは」

言ったなり袴を脱ぎ捨て、部屋に大の字となった。誰に覗かれようと、知ったこっちゃない。老中にでも老女にでも、告げ口をするがよい。

「あの者は、まったく箸にも棒にも掛かりません」

「やはり、そうであったか」

朝からの張りつめた気持ちが睡魔をもたらせ、深い午睡《ごすい》となった。

# 四

「阿部さまへ、申し上げます。御典医《ごてんい》の往診が、まもなく……」

夢の中で聞こえた声が、やけにハッキリしていた。

「あっ、医者の助手をするのであった」

飛び起きた修理之亮は、袴《はかま》を巻きつけるように着けると、部屋の外に出た。

「御典医のお一人、小川玄斎《げんさい》さまにございます」

干からびた小芋《こいも》を見るような、雀斑《しみ》の多い坊主頭の六十男が立っていた。

漢方をもっぱらとする医者は薬籠《やくろう》からあふれるほどの薬を携え、これを持っていただきたいという。

もとより助手役を言いつかっている修理之亮であれば、片手で掲げてみた。

「結構ではございますれど、衿元《えりもと》が乱れて衣紋《えもん》が」

ごろ寝をしていたのである。羽織を引っ掛けたが、御城にある者としては恥ずかしい姿だった。

しかし、刻限を遅らせるわけにはいかないと、御錠口へと急《せ》かされた。

将軍が出入りする上御鈴廊下《かみのおすずろうか》とはちがうが、ここもまた番士が昼夜なく見張っていた。

ガチャリ。

小箱ほどもある錠前に、御広敷添番《そえばん》が鍵を差し入れて外す。これが二つある。

――これでは火事となったとき、すぐに外せない。ご老中へ進言すべきであろう。いや、御年寄の瀧山さまへもせねばなるまい。

ギィ、ギギギ。

とてつもなく厚い扉が観音に開くと、フワリと大奥の香りが立ってきた。

女の匂いとも白粉《おしろい》のそれともちがう、女の園ゆえというより、たたずまいの創り上げた風に近いものなのだろう。

男くささなど寄せつけぬぞと拒むような、それでいて虫を招く強い花の蜜を思わせる香りを嗅ぎつけた修理之亮だった。

玄斎は大奥という女護ヶ島に足を踏み入れた旗本を、ジロリと見込んできた。

大事ないか、舞い上がってはならぬぞというのだ。

ところが、若いに似あわず落ち着き払い、まっすぐ前を向いている。

「女なごに興味をもてぬ男ゆえ、選ばれた者か……」

御典医
　そんな顔をして、歩きはじめた。

　御錠口は背後で音もなく閉じられ、女たちが廊下といわず部屋の前で、御典医
主従を坐《ざ》したまま迎え入れた。

　一方は坊主頭の漢方医、今ひとりは紋付《もんつき》に羽織袴の旗本である。

　いつもの助手でないのは、一目瞭然だ。

　誰もが、侍の出現におどろいているのが手に取れた。

「かような勝手、許されてよいのでしょうか」

「御台さまや御上臈《おじょうろう》の方々へ、すぐお伝えせねば」

「それとも、次代さま?」

「いえ、あれは老中の阿部伊勢守さまでは……」

　伊勢守を思い出すと、女たちの目の色が変わってくる。

　敵を作らず、誰にも好かれる老中は、大奥でも人気だったのだ。

「が、伊勢守にしては若すぎようぞ」

　そう気づいた女に、瀧山配下の者がそっと囁《ささや》く。

「弟御《おとうとご》の修理之亮さまとか」

「――」

なんだか分からないが、高貴なお方と思い込む。そこへ更に、ひと言。

「京のお公家さまの、お血筋ですって」

それを聞けば、公卿《くぎょう》の娘として御城に上がっている上臈方は知っていらっしゃるのだと思い込む。

なに気なく放つ囁きは、今夜中に大奥を走り抜けるはずだった。

万が一、そのようなはずはないと上臈たちが騒いでも、家定のつぶやきで、嘘は真実《まこと》になるにちがいない。

「伊勢の弟、先代関白が外に作りし倅《せがれ》での……」

こうなれば口を挟める者はなく、阿部正弘と瀧山の企《くわだ》てが第一の山を越えたことになる。

修理之亮は前を向き、玄斎に引かれるまま威厳を保って歩いた。どこをどう進んだものか、まったく分からない中を。

中奥より複雑なところだと思いを至らせたとき、玄斎が立ち止まった。脇の襖《ふすま》が開いたからである。

「こちらにございます」

出てきた中年の女が一礼をし、玄斎を招いた。

覗き見えた豪奢《ごうしゃ》な部屋は、どこまでいっても次ノ間《ま》がありそうだった。ちょっとした商家なら、すっぽりと納まりそうな広さで、かしずく女たちの数も十人ではきくまい。

玄斎に従って行くと炊事場があり、部屋の中に井戸があった。脇に階段を見つけ、二階があることも知った。

「阿部さま。これより先は、ご病人の寝間《ねま》ゆえ、ご遠慮ねがいます」

医者は薬籠を小女《こおんな》にと言い、奥へ入っていった。

ひとり取り残された修理之亮は、すわってよいものかどうかも分からないでいた。

控えている小女どもも、修理之亮を見ては失礼になると目を伏せたまま、口を開こうともしなかった。

じっとしていることの苦痛が、足の裏から、膝、腰、腹、喉、頭と、上へのぼってきた。

ジンジンと痺《しび》れだし、汗が背なかを伝わってくる。

剣術の稽古で師と対したとき、これに似たことがあった。動こうとしても、身動きさえ取れないのだ。

稽古なら参りましたで済むが、ここではできない。しかし、腑抜《ふぬ》け同様にへたり込むわけにはいかなかった。

公家の血筋を引く旗本は、腰を抜かすことはもちろん、小便をチビることなど許されない。

やがて立ち眩《くら》みか、血の気が引いてきた。

「修理之亮さま。衣紋の乱れをお直し致しましょう」

声の主は昼膳を運んできた御使番おちよだった。

つかつかと入ってきた奥女中は、いきなり修理之亮の着物に手を掛けた。

「これっ。八重《やえ》さまお部屋ぞ」

先刻の中年女が、おちよを叱った。というより男子禁制の大奥で殿方に触れるとは不謹慎なりと咎《とが》めたのである。

「失礼を致しましたこと、お詫び申します」

おちよは修理之亮の前に手をつき、そのあとで中年女へ頭を下げた。

順があるらしい。そう考えると、やんごとなき旗本の地位は、かなりのようだ。

御使番は修理之亮を部屋の外へ導き、こちらへと離れた部屋へ招じ入れた。

すぐに襖を閉めると、奥へと案内する。その足取りの軽やかなのに、目を瞠《みは》った。

御末《おすえ》とか御端下《おはした》と呼ばれる雑役女でない限り、奥女中は全員お引摺《ひきず》りと決まっていた。裾《すそ》が畳を掃くほどに長く仕立てた着物で、芸者のように褄《つま》を取って歩いたりはしない。

町なかの茶屋では、芸者は廊下を左褄で歩く。そうしないと、ときに踏まれるからだ。

ところが大奥の女たちは、颯爽と闊歩《かっぽ》した。

「踏んだら、ただじゃおかないわよ」

厳然たる序列が、それを守っているようだ。それにしても小気味よい歩きぶりは、鉄火な小娘を見るようで気持ちよい。

──男がいないだけで、思いのほか大奥は江戸らしいかもしれぬ。

地獄で仏に出会った修理之亮は、血の気が戻ってくると思わず笑みをこぼした。

「笑った……」

出迎えた小女だろうか、不意に俗なことばを吐いた。

おちよはふり返ると、修理を穴のあくほど見込んでから、御末女中を戒《いまし》めた。

「新参者であろうと、微笑《ほほえ》まれましたと申せ」

眉間《みけん》に皺《しわ》を作り、小娘が子守の女中に説教の図である。

これぞ大奥と知った。

八ツ刻に菓子を運んだおきくがあらわれ、鏡台と櫛《くし》を手にしていた。

「着物とお髪《ぐし》、これを整えませぬと、御広敷役の名にかかわります」

おきくは修理之亮をすわらせ、髷《まげ》に取り付こうとした。

「羽織袴が、先です」

おちよは自分が先と、修理之亮の羽織を脱がせ、袴を解きにかかった。

閉めきった部屋の内では、なにをしようと平気だと言わんばかりに結び目を解き、あっという間に袴を下ろしていた。

なにがどうなっているものやら、修理之亮は分からなくなった。

――上様になったような……。

通っていた吉原の見世でも、こんな扱いをされたことはない。

花魁《おいらん》であれば極上となる女が二人、甲斐がいしく取り付いていた。

しかし、修理之亮のほうから触わることはできなかった。馬に人参どころか、生殺しである。

すわったままでいるものの、修理之亮の腰が段々と熱を帯びてきた。

大奥粛清《しゅくせい》の意味が、修理之亮なりに分かってくる。

——もったいない女たちを、閉じこめておくのは宝の持ち腐れになろうな。

実に丁寧な扱いをしているのだが、二人とも度々やり直した。

「ここの鬢《びん》は、もっときちんと撫でつけなければ、また乱れますね」

「お袴に、火熨斗《ひのし》を掛け直しましょう」

「今少し細い櫛を持って来ねば」

「衿口《えりぐち》がこれでは」

おちよが修理之亮の首に触れようとしたとき、火花が散った。

修理之亮の頬が張られたのではなく、女同士が嫉妬の炎を上げたのである。

「殿方の肌に触れたこと、見逃しませんよ」

「触れてなどおりませんっ」

「いえ、この目でしかと見た。そうでございますね、修理之亮さま」

「はてさて、触れたと言われても……」

口での争いが奥に届いたのか、大きな襖が開き金襴《きんらん》をまとったかのような奥女中が、燭台《しょくだい》の灯《ひ》を背にあらわれた。

諍《いさか》っていた二人が、額《ひたい》を畳にすりつけるほどの恐縮をした。

「見苦しくあろう」

ことばは叱っているものの、声柄は雲雀《ひばり》の囀《さえず》りかと思えるほど耳触りがよかった。

御使番の二人の上司となる表使なのだろうと、修理之亮は軽く会釈をした。おきくが袖《そで》を引きながら、しきりと首をふってくる。怪訝《けげん》な目を向けると、頭を下げてくださいと身ぶりで示した。

仕方なく、修理之亮は両手をついた。

「そなたが噂の、修理どのか。瀧山さまよりうかがっておりまする」

「御広敷役を拝命、阿部修理之亮にございます」

「面《おもて》を」

言われて修理之亮は、静かに顔を上げた。

「──────」

たった今ここで色をふりまいていた奥女中が、観音菩薩の脇侍《わきじ》にしか思えないほどの上品な妖艶《ようえん》さと華やぎが、後光の中に立ちあらわれていた。女。その世間の通念と修理之亮自身の勝手な思い込みは、いっぺんに消し飛んでしまった。

# 二之章　大奥見参

## 一

まるで子どもの時分に聞かされた昔話、そのままだった。

助けた亀の背に乗った浦島太郎が龍宮城に来たところ、ことばに尽くせない絶世の美女が出現する伝説だ。

ところが成長して世の中が分かりはじめるとともに、昔話を嘘八百だと知る。

「兄さんが教えてくれたよ、海の中に龍宮城なんてないって」

「そうさ。あっても、溺《おぼ》れてしまうよな」

「乙姫さまなんていう女も、いるはずないんだ。ほんとにいたなら、御城の上様が召し抱えるに決まってらぁ……」

なるほど海の中に城は、ない。しかし、乙姫さまが実在したのだから龍宮城とは江戸城大奥だったのだと、修理之亮《しゆりのすけ》は膝のふるえを押えられなくなった。喉に焼けた火の玉のようなものが、込み上げてきた。

息が上がり、苦しい。

廓《くるわ》で女に初めて接したときさえ、これほどのことはなかった。触れてもいないのに、弾き返されるほどの見えない力に押しつけられてくる。

「阿部さま。面《おもて》をお上げねがいたいと、御中臈《おちゆうろう》さまが」

おきくの声で、観音菩薩そのものの乙姫が、中臈職にあると分かった。が、頭を上げたが最後、あまりの神々《こうごう》しさに目が潰れそうな気がして動けなくなった。

「伊勢守《いせのかみ》さまの弟御《おとうとご》と、うかがいました。本日は御典医《ごてんい》の補佐役とのこと、痛み入ります」

脳天からやんわりと注がれた声音《こわね》が手足の先にまで沁みわたると、修理之亮のふるえはわずかに薄らいできた。

と同時に五感が立ち返って、並の女とは異なる香りに、心地よい痺《しび》れを鼻腔が感じはじめた。

耳への美声と相俟《あいま》って、今ここが龍宮城なのだと思い込めた。

「乙姫さまのご尊顔を拝しましたこと、この修理之亮、終生の栄誉と肝《きも》に命じる次第……」

フフッ、ホホホ。

女たちの笑いが起き、部屋頭《がしら》らしき老女が口を開いた。

「御中臈の富美緒《ふみお》さまにして、乙姫ではございませぬ」

「重ね重ね、ご無礼の段、なんとも――」

二ノ句が継げられないまま、修理之亮はそっと顔を上げた。

「あっ」

目と同じ高さのところに、菩薩の顔《かんばせ》が半跏思惟《はんかしゆい》の仏そのものを見せていたのであれば、修理之亮が小さく叫んでしまったのも無理はなかろう。

人は美しいものを目にすると、嬉しくなって声を上げる。が、美しすぎたときに限り、怖さが先に立って叫んでしまうものだった。

すなわち、凍りついたのである。

怖さに身動きが取れなくなったのではなく、いかような罰をも受ける所存ですの態《てい》となっていた。

「さぁ殺せ」

捨て鉢《ばち》になったなら、そう声を上げるだろう。しかし、修理之亮は歓喜のことばを、胸の内で叫んだ。

「いかようなる打擲《ちょうちゃく》であろうと、酔ってご覧いただきます。また顔を踏んでくださるのなら、御《お》み足を舐めさせてもいただきましょう」

親が聞けば嘆くであろうが、まったくそのとおりなのだから言い訳は無用だった。

「阿部さまは上様のみが許される柳営《りゅうえい》にお入りになられ、戸惑っておられるように思われまする」

言い訳めいたことばを放ったのは老女だが、修理之亮が恐懼《きょうく》ではなく、狂喜の心もちでいるのを気づかないようだ。

しかし修理之亮がわれに返れたのは、柳営との言いようをしたからである。

柳営は幕府陣営を指すことばだが、将軍の家との意味あいが強いことから、大奥こそ将軍の居どころだとしているゆえらしかった。

「上様は、われらがあってこそ。お守りするのは、われらぞ」

女たちの心意気に気づくと、先刻まで想い描いていた〝怠惰《たいだ》な籠《かご》の鳥〟という大奥の女たちへの偏見が失《う》せてきた。

「改めまして修理之亮、ご挨拶申し上げます。ご老中伊勢守さま並びに御年寄瀧《おとしよりたき》山《やま》さまのお計らいにより、御広敷役《おひろしきやく》を拝命。これよりは柳営の健勝を守るべく研《けん》鑽《さん》を積む次第、なにとぞ――」

「修理。健勝を守るとは、いかなることや」

雲雀《ひばり》のようだった富美緒の声に、鷹《たか》の鋭さが加わった問い掛けに狼狽《うろた》えた。

「末永くをねがうことこそ、徳川家《とくせんけ》の隆盛ではございませんか……」

粛清《しゆくせい》を命じられているとは口が裂けても言えるはずなく、修理之亮はありきたりなことばを返した。

「さようですね。しかれども隆盛をと謳《うた》うなら、相応の新しい手だてを講ぜずばなりませぬ。異国の到来を前に、柳営なりの覚悟が――」

「富美緒さま」

叱るような老女のひと声に、美しい観音菩薩は無表情に戻ってしまった。

まちがいなく、眼前の中臈は粛清がはじまるであろうことを気づいているのだ。

が、奥女中たちがいるところで、詳しく深い話はできない。

修理之亮は富美緒が、瀧山や伊勢守の一派であってほしいと願った。

「いかがでありましょう。御典医の療治が済むまで、阿部さまに柳営の幾つかを見ていただくのは」

老女が話題を変え、部屋に漂っていた緊張の糸がほぐれた。

おちよとおきくが立ち上がり、修理之亮を手招きした。

足が痺れたのではと危惧したが、ほどけた糸と同様に難なく歩けそうだった。

「なれば御使方《おつかいかた》の御女中に、案内をねがうことに致します。いずれ、また」

居ずまいを正し、乙姫との別れに後ろ髪を引かれる思いの修理之亮は、深々と会釈をして立ち上がろうとした。

パタリ。

足ではなく、腰から下が萎《な》えていたのである。

無様な横倒れとなり、女たちに支えられることになった。

「まことに申しわけなき次第……」

笑われたろうと富美緒を見込んだが、半跏思惟の笑みは微動だにしていなかったことに、天女を見た。

一刻《いっとき》や二刻の正座に、足の痺れるはずなどなかったが、この世で乙姫さまと出逢ったことで腰が萎えてしまったのだ。

おどろきの余り腰が抜けるとはこのことかと、奥女中に両脇を抱えられつつ退室した。

どこをどう通ったものか、入ったとき同様まるで分からない。口を開こうとした修理之亮だが、廊下で話すことは禁じられていると身ぶりで教えられた。考えるまでもなく、修理之亮は男である。御典医ではないと見破られ、ちがうと知られては大騒ぎになるにちがいない。

が、ここまで来て今さらと、観念するしかなかった。

気づくと、初夏の光を浴びていた。

長い縁側が南向きに拡がり、とてつもなく広い中庭がまぶしく映った。

おきくが庭下駄を出し、履《は》けという。

「上様の、お履物ではないのか」

「わたくしたちの、女下駄でございます。鼻緒を弛《ゆる》めましょう」

見渡す限り、人っ子ひとり見えなかった。

「柳営は人数が少ないのか、誰とも会わないで来たようだが」

修理之亮の問いに、二人は顔を見合わせて首をふった。

「どのお部屋でも昼餉《ひるげ》の仕度がはじまって、てんてこまいの最中です」

「そなたらは手伝わずとも、よいのか」

「お許しが出ましたし、御膳の役はいつも別の者がいたしますから」

「左様か。それにしても静かだ……」

女二人に笑われたので、修理之亮は小首をかしげた。なぜ笑うのかが、分からない。

おちよが指をさす。

「あの小岩の後ろ、大きな銀杏《いちょう》の木の上、縁の下にだっています」

「誰が」

「女の伊賀者が、お耳役として雨の日も控えているのです」

「…………」

言われて、口をつぐんでしまった。

男が大奥へ入り込み、下役とはいえ奥女中とことばを交しているのだ。修理之亮はとうに目をつけられ、第一報は届いているにちがいなかろう。

「医者とは思えぬ男が柳営に」

「御典医の薬籠《やくろう》持ちなり」

「しかし、御使番《おつかいばん》の女中と」

「瀧山さまの、いえ上様ご裁可の仕儀なるぞ。前《さきの》関白公の、落し胤《だね》とも聞く。いずれ西ノ丸にお入りになられるお方やもしれぬ、騒ぐには及ばず」

こうしたやり取りが、すでになされているはずだった。

将軍家定《いえざだ》は三年余、大奥へ入っていなかった。生来の病弱に加え、睦《むつ》みごとに興味がないのか、子のないことで、世子《せいし》の居城になる西ノ丸は主《あるじ》不在となっていた。

大奥が男子禁制であるのは、一にも二にも将軍以外の胤を宿させないこと。唯一入ることのできる御典医は、それゆえ老人に限られた。もっとも、懐妊させられる医者がいても不思議はないのだが。

「女医者に、すべきではありませぬか」

「いや。女は施術が稚拙《ちせつ》ゆえ、御子《おこ》を宿したお方を診《み》るにはまだ……」

結果として、将軍が立ち入るはずのない限られた部屋でのみ診ることになっていた。

重篤《じゅうとく》な病人であっても戸板で運び、医者の一挙手一投足に目を光らせるのが、大奥での治療だった。

が、今の阿部修理之亮は、この江戸城の掟《おきて》から外れている。

更に、こうして御使番とことばを交している総《すべ》てが聞き取られ、報告されていることもまちがいあるまい。

少し前、乙姫さまと出逢えたというのに、今は慎重の上に慎重をかさねる緊張の中に沈んでいた。

そんな修理之亮を見て、おちよはおきくの袖《そで》を引き戻りましょうと目が言った。

そのとき――

バタバタ、バタッ。

庭に面した長廊下を、白鉢巻《しろはちまき》をした女たちが駈けてきたのである。

どの顔も気色《けしき》ばみ、手に長い物を下げ持っていた。

「なにごとですっ」

おきくが言い放ったものの、先頭にいた大女は無言で突き飛ばしてしまった。

駈けつけた者、ざっと十人ばかり。手にしているのは長刀《なぎなた》だが、袋が被さっていた。

「瀧山さまの許しがございます。狼藉者《ろうぜきもの》ではありませぬぞっ」

おちよが声を上げた。

威丈高《いたけだか》に言い返したのは、小うるさそうな四十女だった。

「存じておる。上様もご承知であられることも。されど、御上臈飛鳥井《ごじょうろうあすかい》さまはご承服されておりませぬのじゃ」

上臈とは将軍の正室である御台所《みだいどころ》に付き従い、京都から下ってきた公家の娘で、大奥での身分は最高位にあった。

本来ならば御年寄の瀧山の上にあるのだが、実権はないと修理之亮は聞かされていた。

その上臈が、四の五の言いはじめたのだ。前関白の隠し子など、聞いたことがないというのだろう。確かだ。修理之亮は阿部伊勢守の弟でも、公家の落し胤でもないのだから……。

知らぬまに取り囲まれ、長刀の袋が外されていた。刃《やいば》の部分は、稽古用の樫《かし》ではある。

「阿部どの。これにて、お立ち合いなされませっ」

ひと振りの木剣が修理之亮の前に突き出され、これを待てという。

「なにをもって、お女中方と手合わせをせねばならぬのか」

「お血筋の遠い方なれば、武勇をもって上様の継嗣《けいし》となるのは言うまでもなきこと。さぁ、われらと」

青くなったのは、おきくとおちよである。修理之亮を見つめ、敵は名うての強《つわ》者《もの》だと目で言った。

修理之亮は庭におりると、木剣を手に取り二度三度とふり下げた。

腕が鳴った。

将軍の毒見役となって一年余、幼い頃より通っていた町道場とはご無沙汰《ぶさた》なのである。

親にも話していないが、師範代をと言われた矢先なのだ。

女の番士を侮《あなど》るものではないが、大奥という柳営の守りを知っておきたくなった。

木剣を取った修理之亮に、いちばん大柄な女が対峙《たいじ》した。

「いざっ」

身体の脇に立てていた長刀を、正面に構えて、吠えた。

一度も長刀と手合わせをしたことはなかったが、話には聞いている。

「槍《やり》が生まれる前の長柄物《ながえもの》は、横に払うのが基本だ。脛《すね》を薙《な》ぐことで、相手は動けなくなる。この第一撃を躱《かわ》しさえすれば、こちらのもの」

なるほど大柄な女は、下構えとなっている。しかし、力いっぱい払ってこられたなら、受けきれるものかどうか。

修理之亮は女の足元を見つめた。大きく八の字に開いているものの、いささか開きすぎていた。

——力は出せようが、次の構えに手間取るか……。

「でやぁっ」

奥女中の声とは思えない胴間声《どうまごえ》とともに、長刀が修理之亮の膝めがけて放たれた。

ハッシと飛び上がった修理之亮は、牛若丸となった。

女弁慶の髷《まげ》を木剣が叩くと元結《もとゆい》が切れ、ザンバラ髪を見せていた。

勝負はついたものの、長刀をもつ残った四人が修理之亮の前後左右に立った。

「柳営の守りは、最期の一人まで止めぬのじゃ」

頭目らしい四十女が金切《かなき》り声を上げ、手合わせは四人掛かりとなってきた。

こちらがひと息ついていては、敵の思う壺となる。その前に——

打ち下ろした木剣を跳ね上げ、正面の女の長柄《ながえ》を飛ばし、返す払いを左の女に、さらに背後の女の長柄を折ると、慌《あわ》てた右の女は棒立ちになった。

息をもつかせぬ修理之亮の早技は、一瞬の風のごとく吹きすぎた。

上段に構えた木剣を真っすぐに打ち下ろすと、女の帯が刃物で切ったように裂け、着物が開いた恰好となった。

「あ、あれっ」

若い女の奇声が庭に響くと、あちらこちらの部屋から女たちが顔を出してきた。

男がひとり庭に立っているのは当然のことだが、襖《ふすま》の隙間《すきま》から覗き見ていたはずだ。

なんとも言いようのない溜め息とも身悶《みもだ》えとも取れる男への憧憬《しょうけい》が、庭の木々にまで伝わってきたことが不思議だった。

負け犬どもは尻尾をまいて失《う》せていったが、御使番の二人はどんなもんだとあごを上げた。

「折角でございます。庭をご覧になられませんか」

おきくに引かれるまま、庭下駄を履いた。修理之亮は、足袋跣《たびはだし》のままだった。

青くさいほど匂い立つ夏の木立ちを抜けると、池があらわれた。といっても、並の屋敷にあるものより大きく、おどろいたことに風もないのに小波《さざなみ》が打っている。

近づくと、ピチャピチャと音までしていた。

「この池の水は、外とつながっておるのか」

「いいえ。あの木の繁みの下で、小女《こおんな》たちが湯もみ板で波を作っているのです」

「波を」

「御中臈さま方は、おそらく生涯海をご覧になることはございません。それでここにお出ましになると、波をこうして作ります」

なにからなにまで行き届いた贅沢が、ここにあった。とはいうものの、富美緒さまを思えば当然ではないかと納得した。

池に架かる橋に立つと、水の色に映える夏木立ちが瑞々《みずみず》しく見えた。

「御典医さまの施薬が、お済みにございます」

使いの小女が、玄斎《げんさい》の治療が終わったと告げに来た。

「お暇《いとま》のときのようだ。ところで、医者の往診はよくあるのか」

修理之亮の問いに、女たちは目を合わせてはにかんだ。

「恥じることでもあるまい。お女中の数も多いであろうゆえ、毎日のようにあろう」

「それほどではございませんで、五日に一度ばかり……」

「女《お》なごは疝気《せんき》やら、血の道が多いと聞くが」

「ほとんどお薬と女按摩《おんなあんま》の療治で、なんとか凌《しの》ぎます」

「すると本日の玄斎どのは、薬の補充か」

「……。いえ、お部屋さまが抜けなくなったのです。そうよね、おちよさん」

「そ、そうかも」

「はっきりせんな。抜けぬとは」

「空閨《くうけい》をかこつお部屋さまの、張形《はりがた》でございます」

おちよは顔を真っ赤に、走りだしてしまった。

長いこと将軍があらわれないと、女の中には独り遊びをする者が出るらしい。

決して悪いことでもないし、仕方のないことでもある。が、度を越せば医者の手は必要になるようだ。

瑞々しい庭木の繁る中での張形話は、この先あらわれるであろう大奥の百鬼夜行《ひやっきや》ぶりを暗示していた。

おきくに引かれながら、御錠口《おじょうぐち》へと急いだ。

二

修理之亮の用部屋となる十二畳の間には、晩の膳が仕度されていた。

一汁五菜は、どれもたっぷりの量である。

もうひと箸ずつ手をつけてじっとしているなんてことは、せずともよいのだ。

が、癖とは一朝一夕で治るものではなかった。味噌椀の中の蒟蒻《こんにゃく》を口にすると、
箸を置き静止した。

昨日までは横にすわる検見役《けみやく》がもうよいと言うまで、次の箸はまったく取れな
かったのである。

「旨い。柚子《ゆず》の香りがする椀は、久しぶりだ」

思わず口にすると、控えていた若侍が羨《うらや》んだ。

「阿部さまの膳は、奥御膳所《おくごぜんどころ》より差し入れられたものです」

「ん。大奥からとはなにゆえ」

「広敷において新役となられたためと、うかがいました」

「今日だけか」

「いいえ。しばらくはつづくとのこと、われら一同羨んでおります」

「…………」

分からないことだらけだ。

大奥に送り込まれた真の理由から、広敷で別格の扱いを受けていることまで、

一人として示唆《しさ》してくれる者がいなかった。

「おのれが見て感じたままを、上申せよというのだろうか」

「なんでございましょう」

若侍が修理之亮のつぶやきに、聞き逃しましたと頭を下げた。

下にいる者の苦労が、こんなところにもあったことに気づいた。

二百二十石の小身旗本であれば、昨日まで向こうの立場にあったのである。

「そなたも、奥向《おくむき》の膳を相伴《しょうばん》してみるか」

「滅相《めっそう》もなきこと。御家人ごときわたくしには、分がすぎます」

平伏《へいふく》したまま、出ていってしまった。

なん刻《どき》までここにいるのかはもちろん、部屋を出ることとさえ憚《はばか》られるのだ。ただし用を足す厠《かわや》は、出てすぐの奥にあった。

台所方で毒見役をしていたときは、広い中奥を動きまわれ中庭を眺めることもできたと、今を嘆いた。

「考えてもはじまるまい」

修理之亮は目の前の夕餉《ゆうげ》を食べ尽くせる嬉しさだけを享受するしかなかった。

その椀の中に中臈富美緒の面影が浮かんで、ブルッと武者ぶるいをした。

「奥向より、玉露《ぎょくろ》を承《うけたまわ》ってございます」

番茶から煎茶《せんちゃ》、そして玉露へと大出世である。実家にもなかった玉露だが、冷めても美味《びみ》なのが信じられなかった。

「これにて夕の御膳は済みますが、番頭《ばんがしら》さまをお招《よ》びしてもよろしいでございましょうか」

「番頭とは、この広敷のか」

「はい」

「なれば、こちらより出向く」

「いけません。阿部さまは広敷において、別格でございます」

若侍は膳を下げつつ出て行った。なにもかもが信じられないことばかりで、麻の座布団の坐り心地までむず痒《がゆ》くなってきた。

「広敷番頭、山本蔵四郎《くらしろう》さまにございます」

襖《ふすま》の外から声が立ち、修理之亮は居ずまいを正して座布団から下りた。

「御免」

「お初にお目に掛かります。阿部修理之亮、お待ち申しておりました」

修理之亮の挨拶に、番頭は後ろ手に襖を閉めると下座にすわった。

「いけません。わたくしこそ、そちらに」

「無用な礼節は、止めようではありませんか」

丸みを帯びた身体に丸い鼻が、女こどもにも親しみやすそうで、広敷の筆頭職として打ってつけに見える五十すぎの旗本だった。

蔵四郎は修理之亮を確かめるように見ると、小さくうなずいた。

「ご老中の話に、まちがいはござらなんだ」

「伊勢守さまは過ぎた見立てを、わたくしになさっておられるようです」

「なんの。昨今までの貴殿で、よい。そうであってこそ、伊勢守さまの改革がかたちを見ることができる」

「改革とは」

大奥の粛清《しゅくせい》をと聞いていたが、改革とは話が大袈裟《おおげさ》で、修理之亮は訝《いぶか》しんだ。

「慎み深いご老中ゆえ、改革の名は口に致しませなんだが、誰が見ても幕府を改変されようとなさるお方であることはまちがいあるまい」

徳川吉宗、松平定信、水野忠邦《ただくに》と、改革を口にしたにもかかわらず、世の中は変わらなかった。

しかし、阿部正弘は異人を迎え入れ、条約を締結し、湊《みなと》まで開いたのである。

「正《まさ》に改革者です」

「うむ。されど一つだけ、手を付けられなかったことで、改革の成就《じょうじゅ》をいまだ見られぬのだ」

「壁の向こうの、粛清ですか」

「いかにも。しかしながら、伊勢守さまのお身体はよろしくない。いや、ご寿命を知っておられる」

「……。杞憂《きゆう》でございましょう」

「で、あってほしい。そこで修理どのに登場をねがったわけだ」

異国との交渉に一応の目鼻をつけたものの、幕府の武力は大きく遅れを取っていると気づいた。それを建て直すには、とてつもない財力が必要だった。

「ご金蔵からの出費を、押える役割ですか」

「ははは。左様なことは、初めの一歩。修理どのには、銭が入ってくる方途にも力を貸していただきたいのだ」

「――――」

ポカンと口を開けた修理之亮に構うことなく、蔵四郎はことばをつづけた。

「旗本でありながら、市中の世情に詳しいばかりか、人たらしなりと伊勢守さまは見抜かれておられた」

「人たらしなど、大いなるまちがいにございます」

「では、女たらしと言い換えよう」

「お、女たらしとは、いくらなんでも……」

「気づかぬだけのこと。宵口《よいぐち》の灯火《とうか》と同じで、女という虫が寄って参る男であると、調べがついておりますぞ」

吉原の廓見世《くるわみせ》での一部始終から、出入りしていた商家の評判、そして本日の大奥での顚末《てんまつ》まで、広敷番頭の自分に伝えられていると言い切った。

「昼の大奥でのことまで」

「左様。広敷とは、つうかあであっての。御年寄瀧山さまとの密談はもちろんのこと、長刀《なぎなた》との手合わせから髪を撫でつけさせたことまでな」

「撫でつけさせたのではなく、撫でつけられたのです」

「それさ。女たらしである証《あかし》は」

笑われた。

今の今まで、女にもてるとは思いもしないことだった。貧乏旗本である限り、懐《ふところ》は淋《さび》しく身なりも着たきり雀、ちびた草履《ぞうり》に話しことばはぞんざいだったのに。

「わたくしの不徳と致すところであり、それに気づけぬ盆暗《ぼんくら》ゆえのこと。今後とも番頭さまのご指導ご鞭撻《べんたつ》に縋《すが》る一存にございます」

「本題に入ろう。本日をもち、わたしは広敷番頭を辞することになった。僧籍《そうせき》に入り、念仏三昧《ざんまい》となる」

「ご出家に」

「子がない上、妻女はとうに逝《い》った独り身でな。そなたが参ると知り、決めたのだ」

「して、次の番頭さまは、どなたに」

「番頭を置かぬまま、そなたを筆頭と致すと決まった」

「いくらなんでも、わたくしごときには」

「改革の成就は困難にして、失敗を招くかもしれぬ。番頭を置かなんだゆえとなれば――」

「詰め腹を切ってみせることで、辻褄《つじつま》が合います」

「だが初手《はな》からそれを覚悟しては、ならぬ。くれぐれも申し渡すが、老中阿部伊勢守さまの大願成就こそ、そなたの役目。忘れんでくれ」

山本蔵四郎は風のように退室し、修理之亮は荒波に放られた木屑《きくず》となってへたり込んだ。

気づくと、燭台《しょくだい》の灯《ひ》がジリジリと乏《とぼ》しさに泣いていた。

「下城の時刻でございます。いかが致しましょう」

忘れていた。千二百石の旗本が歩いて帰るわけには行かず、そこに馬なり駕籠《かご》が必要なのである。

供侍《ともざむらい》すらいない修理之亮は、町駕籠を拾って参れと命じるしかなかった。

半蔵門《はんぞうもん》口の外に、一梃《いっちょう》の駕籠が待っていた。吉原へ行くため、二度だけ乗ったことがある。駕籠舁《かき》は町人が出てくるものと思っていたのか、立派な姿の侍が乗るというのを珍しがった。

「どちらの藩邸へ参りましょうか」

「目と鼻の先、番町の邸《やしき》だ」

「番町に藩邸はございませんが、お旗本のお邸を訪問なされますので」

「あぁ、そうだ」

自分の家と言うのも面倒で、修理之亮は乗り込んだ。

夏を迎える今は、風通しをよくするため駕籠の垂れは上げたままになっていた。

すぐに着くとはいえ、大身《たいしん》の旗本が町駕籠に乗る姿はいただけない。

「駕籠屋、垂れを下ろしてくれぬか」

「暑くございませんかねぇ」

「いいから、下ろせ」

知った者がいる麹町も通るのだ。後になってなにを言われるかと、狭い中で固くなった。

――これを朝晩となれば、城中での評判は良くなるまい。といって、武家駕籠を雇うとなると……。

言わずと知れた陰口が思いうかんだ。

「袖《そで》の下が功を奏して、出世したんだろうぜ。今どきの旗本なんぞ、恥も外聞もねえからなぁ」

「そうじゃねえ。以前は桂《かつら》と言ったが、阿部と変わったらしい。吝嗇《けち》でしみったれだった貧乏旗本は、お家断絶なんだろう……」

関ヶ原からつづく桂家の名を、汚すことになる。どっちへ転んでも、評判が下がるのはまちがいなかった。

いきなり出世したことの怖さに、修理之亮は考え込んだのである。

　――出世。あっ、田沼意次《おきつぐ》。

　将軍世子《せいし》に毒を盛ったとまで噂が立った時の筆頭老中が、どんな毎日を送っていたかを思った。

　十日の内で九日を、城中で暮らしていた意次である。

「なにを措《お》いても上様のお側《そば》にいて、寸暇《すんか》を惜しんで下達《かたつ》に励んだ。その仕事ぶりは、矢のごとく速かった老中」

　御城に寝泊まりするのは、将軍だけにとどまらない。夜番をする番士はもちろん、御典医も交替でいる上に、朝餉を作る賄方《まかないかた》も前の晩は泊まっていた。

　――新しい御広敷役が、昼夜の別なく居つづけていけないことはあるまい。夜半こそ大奥が生きるところではないか……。

　将軍の到来のない今であっても、この理屈は通るはずだった。

　家に帰ったところで妻も子もない独り身の修理之亮であり、もう休みの日に廓へ行くことができない身の上になっているのである。

「決めた」

　声を放つと、駕籠が止まった。

「こちらでようございますか、お邸は」

「うむ。こちらを訪れるのだ」

酒手《さかて》を弾むと、駕籠舁ふたりは嬉しそうに去って行った。

顔も知らぬ家の前でしばらく立っている内に、ここが無役寄合《よりあい》の旗本邸だったと思い出した。

番町の屋敷街にも、栄枯盛衰がつきものだった。が、安政四年の今、盛っている家は数えるほどになっている。

とりわけ門扉《もんぴ》は二年前の大地震で傾《かし》いでいるところが多く、月の光だけが頼りの暗い道を、修理之亮は十軒ばかり先の自邸まで走った。

走る理由を自分ではつけられなかったが、龍宮城から出てきた浦島太郎であれば、無性に走りたくなるのは誰でもすることなのではないか。

その浦島修理之亮が、この先いくたびも龍宮城を訪れるようになるとは、本人すら知らないことだった。

三

翌朝の五ツ刻《いつどき》、修理之亮は拾った辻駕籠《つじかご》を半蔵門の手前で下りた。

今日も供侍《ともざむらい》ひとり連れず、門をくぐった。広敷の役人で旗本と知られていても、その他大勢としか思われていないだろう。

まさか大奥の女老中とされる瀧山や、菩薩を見るような中臈と間近に接しているとは、番士らは考えもしないにちがいない。

それでよかった。

当分は医者の往診もなかろうし、老中の伊勢守も治療に専念しているはずだ。番頭《ばんがしら》のいなくなった今、広敷の中で修理之亮に文句をつける者はおるまいと思うと、ニンマリした。

怠《なま》けようとするのではなく、伸び伸びとしたところで働きたかったのである。

台所方で毒見をしていた毎日「いかがである」とひと箸ごとに問われ、杓子定規《しやくしじよう ぎ》に「いつもと変わりありません」と答えていた。

わずか一年余だったが、このやりとりを何万遍くり返したろう。異常のないことは喜ばしいが、退屈を通り越した味気なさに気がふれるのではと感じたときが、数回あった。

「羨《うらや》ましいな、修理。旨い魚に、高価な菓子、米のひと粒ずつが立っておるのだろう」

次男坊仲間が指をくわえて言うのを、呆《あき》れ顔をして答えたものである。

「煮物の雁《がん》もどきを、二十回も口の中で転がし、五十回も嚙んで呑み込むのだ。味など、分かるものか。牛蒡《ごぼう》は、百遍も嚙まなければならんのだぞ……」

口中で温くなった鯛《たい》の刺身、餅状になる飯、味の失《う》せた塩昆布、羊羹《ようかん》に至っては溶けていた。

それが昨日、夕餉《ゆうげ》に大奥よりもたらされた膳で、食べることの喜びを知った。

生涯を毒見役のまま終えるより、命が的《まと》になっても日々に嬉しさを抱きたいと、働き甲斐の生まれそうな今を寿《ことほ》いだ。

修理之亮が広敷門の前に来るとゾロゾロと部下たちが並び、その背後には出入り商人らが頭を下げた。

千二百石でしかないが、広敷添番《そえばん》という次席の者以下は皆お目見得《めみえ》のできない御家人と町人たちなのだ。

どうでもよい部署が、御広敷だった。ところが今、大奥粛清《しゆくせい》のために目をつけられているところになりつつある。

年に数十万両もの出銭が、女の園で使われているが、これを半減するのが最初の仕事となるなら、千人ちかい女たちを外へ出さなければなるまい。

——この商人たちからも、御用看板を取り上げるのか……。

上目《うわめ》づかいで修理之亮を見てくる者たちをどうやってと、考えてみた。思いつくわけがなかった。

「お早うございます。早速に朝餉の仕度をと命じましたところ、奥向より御広敷役さまへの御膳ができておりますとのこと。お部屋のほうに」

添番の松本治大夫《じだゆう》が、昨日と同じ御錠口《おじようぐち》に近い部屋まで先頭を歩いた。

頭部のほとんどが禿《は》げ上がり、ちょんぼりした髷《まげ》をのせた頭は平らに見えた。

五十を幾つかすぎた治大夫は、五尺に満たない小男でしかない。

笑い顔が卑屈だが、袖《そで》の下を一切受け取らない広敷役人ということで、二十年余も添番でいると番頭の蔵四郎から聞いている。

「なにごとも松本に聞けばよいが、ものごとを考える人間ではありませぬ」

平らな頭には、決まりごとしか入らないのかもしれない。

襖《ふすま》が開くと、味噌の濃い香りが立ってきた。

番町の邸で朝を食べてきたのだが、別腹に入りそうなよい匂いだった。

「毎朝、これがあるのか」

「朝、昼、晩とございます」

「番頭には、今までも」

「御広敷役さまが、はじめてです」

「これも袖の下と言えなくもなかろうが、しばらく様子を見ることに致す」

「承知致しました」

治大夫の笑い顔に、一瞬の不快が走るのが見えた。

襖を閉める前、奥向の御使番とおぼしき女が敷居ごしに手をついた。

「お給仕に参りました者にございます」

昨日の、おちよたちではなく、二十歳ほどの大人びた細面《ほそおもて》の女は、しま、と名乗った。

治大夫が眉《まゆ》を上げ、吐き捨てるようにことばを放った。

「給仕なんぞと誰が申した」

「御年寄瀧山さま、でございます」

「た、瀧山さまでござったのか……」

掌《てのひら》を返すところは小役人そのままで、治大夫は修理之亮に一礼をすると、すごすごと出て行った。

二日目も、初日同様に楽をさせてくれないようで、監視つきの食事かと修理之亮は箸を取れずにいた。

「そうでございます。朝餉のお毒見をせねばなりません」

「毒見とは？」

「その御膳のでございます」

「瀧山さまよりとなれば、毒であっても仰《あお》がねばなるまいな」

しまは修理之亮のことばに、口へ手をあてて笑いを噛み殺した。

「修理さまのお覚悟、伝えておきます。しかし、お毒見は大切な役目。わたくしが致します」

言ったなり、しまは箸を取って椀のものから口をつけた。

なんども噛むわけではないものの、一つずつ含んでは食べている。その手つき、口つきがなんとも綺麗で、思わず見入ってしまった。

「ひと通り喉を通しましたが、毒がまわるまでしばらく待ちましょう」

「いや。冷めてしまっては、元も子もない。いただくことに致す」

食べようとしたが、まだ箸は奥女中の手にあった。もう一膳の箸はとさがしても、見つけられないでいた。

「お箸も、毒見をしたものでなくてはなりませぬ」

口に触れた箸を手渡された修理之亮は、動けなくなった。

「そなたの使いし箸を……」

「汚ないと仰《おお》せで？」

「す、吸いつけ煙草のようで」

「吸いつけ、と申す煙草とはなんでございましょう」

「廓《くるわ》の花魁《おいらん》が、その、なんと申したら――」

「いけないことなのでございますか」

「素敵すぎるのだ」

「では、お使いねがいます」

箸を取った修理之亮は、思わず舐めそうになった。吉原の花魁に勝る美形の未通女《おとめ》が、目の前で使ったばかりの箸なのである。

「いただきます」

修理之亮は女が椀のどこに口をつけたかとさぐりつつ、しまに見えないよう箸を舐めた。

朝餉の味は分からないが、箸についたであろう唇を十二分に味わったのは言うまでもない。

将軍の御膳とも比べられないほどの贅沢を、次もねがいたいと祈りつつ箸を置いた。

食後の玉露《ぎょくろ》だけは、別の湯呑に注がれてしまった。

しまは出て行く際に、まもなく御年寄さまがあらわれますと言い残した。

奥向の老中と呼ばれている瀧山が、昨日につづいて来るとは信じ難かった。

それでも訪れてくれることで、身分の不確かな修理之亮の格は上がり、広敷での仕事はしやすくなるのだ。

客間とされる中ノ間《ま》に出向くと、しまが控えていた。

「そなたは瀧山さまの付き人であったか」

「いいえ。御台さま付きの、小姓にございます」

「左様なれば、先ほど毒見をさせたことは礼を失《しっ》したか」

「よろしいのです。わたくしも面白うございました」

恥じらう様がかたちを見せ、ここにも観音菩薩がと修理之亮は身内を熱くさせた。

「瀧山さま、ご到来にございまする」

広敷の小者の声がして、修理之亮は頭を下げた。

「お耳役を、配してはおらぬであろうな」

「はい、瀧山さま。周りと床下、どこにも」

中ノ間は、ときに老中格の者がやって来て、交渉をする部屋となっていた。部屋の周囲には人が近づけぬよう細い廊下を設け、話し声さえ届かないようになっている。

しまは念を入れて確かめ、瀧山を待っていたのだ。

修理之亮は途中で人が来ないよう、耳を鬼にして瀧山と対峙《たいじ》した。

「いかがなるや、御広敷役の昨日今日は」

ことばとは裏腹に、瀧山の目は笑っていた。

「目を瞠《みは》ることばかりで、周章狼狽《しゆうしようろうばい》つづきと申し上げます」

「ふっ。小賢《こざか》しい物言いを。小姓しまとの箸使い、存分に味わったであろうに」

「――――」

「叱りはせぬ。むしろ、それでこそ修理。そなたは、そうあらねば役に立たぬのです」

「なんとも返しようのない決めつけ、面目《めんぼく》ないやら恥ずかしいやら……」

「口ほどのこともなし。修理は本心にて、たらし者であることを嫌がってはおるまい」

瀧山に図星を指されて、面食らった。

そうなのだ。男であれば、いやらしいのは奇異ではないと思いつづけていたのだ。今さら取り繕《つくろ》うものではなかろうと、修理之亮は照れて見せた。

「世俗にて申すところの、助平《すけべえ》。そうであるな」

「――――」

横にいた小姓しまが顔を赤くしたのが、箱入り娘そのままだった。

「さて、長居するわけにも参らぬゆえ、手短に申しつける。しまを御城外《おしろそと》に出す算段を、ねがおう」

「外に出すとは、宿下《やどさが》りでございましょうか」

「奥向の女中を墓参と称した外出なんぞ、わけもない。わらわが申すのは、永《なが》の暇乞《いとまご》いなるぞ」

「おことばながら、奥向の老中とされる瀧山さまなれば、お女中の一人や二人の放出など難なくお出来あそばされるかと存じます」

「なれば教えよう。失態をするなり無礼を働きし者は、放逐《ほうちく》される。それには遠島に等しい罰が下されるもの。しまを、尼寺なり離れ小島へ送るつもりはない」

確かに墓参と称して下城したまま帰って来ないとなっては、広敷も含めた大奥の一大事となってしまう。

「難題なれど、考えてみるほかございません。そこで今一度、お訊《たず》ね致します。しまどのが市中の者として暮らせるような算段をさせよとの、仰せと考えてよろしゅうございますか」

「さよう。頼みおきますぞ、修理」

瀧山は小姓しまを伴い、退座してしまった。

「…………」

江戸城の大奥に、何人の女がいるかさえ知らない。しかし、一人でも欠ければ大騒ぎになるのは、火を見るより明らか。

修理之亮は大奥の概要を教えてもらうべく、広敷添番の治大夫のもとへと部屋を出た。

四

「いけませんでございます。拙者《せっしゃ》を呼びつけるのでなくては、こちらの立場というものが……」

配下の者を叱っていた治大夫は、修理之亮を見て跳ね上がるように廊下へ出てきた。

空いている客用の下座敷に修理之亮を招じ入れると、火のない火鉢《ひばち》をあいだに向き合った。

「ご用の向きは」

「今、大奥に暮らす者の数を知りたい」

「一千四百二十二名、この中には御台さまも含まれます」

「確かな数か」

「はい。重篤《じゅうとく》な病《やまい》にて暇乞《いとまご》いをする奥女中、墓参と称して買物を致す者の出入りなど、一名たりとも洩れはございません」

「つまらぬ噂だが、井戸に身を投げる者もあったと聞くが」

「あったとして、帳尻は合わせねばなりません。病死の名目で棺に納め、不浄の出入口となる平川門より出て行きます。いくらなんでも、死びとを井戸に埋めるわけには……」

治大夫は江戸城本丸の大奥が厳格であることに、胸を張った。

「自死か病死かを、こちらは問えぬのか」

「銅塀《どうべい》一枚向こうは、別世界。上様よりほかに、問い糾《ただ》せるお方はございません」

「となると、宿下りの任免は、理由さえ問えぬことになる」

「左様。お女中方の任免は、すべからく大奥にあります。たとえ最高位にあるお方でも勝手に、とはならぬようです」

「なぜだ」

「派閥というものです。相互に牽制しあう仕組みが生まれたのは、吉宗公の頃と聞きました」

大きく分けて二つ。京の御台所派と、江戸の御年寄派になっていると言い足し、顔をしかめた。

「御台さまのほうが、上位ではないのか」

「ご嫡男をもたれましたなら、そうなります。しかし、上様にはいまだお一人も

「……」

側室に生まれても、正室の子とされる。それさえないことで、今の力関係は同じという。

「つまるところ、他派の動向に目を光らせ合っているがため、一名の欠員も見逃さぬわけか」

「欠員どころか新しく誂《あつら》えた着物や帯、膳に載るお菜がどうの、御用商の手代に色目を使ったことまで、わたくしどもの耳に入って参ります」

「なにもかも、お見通しというわけだ」

「はい。憚《はばか》りながら、御広敷役さまの元へ給仕に参る女たちの一挙手一投足は、評判となっております」

「部屋の天井なり床下で、伊賀者が――」

「そこまではございませんが、女どもの目つきで想像しておるのでしょう」

「治大夫。そなたはいかように、想いうかべておった」

「え、えっ。わたくしめは、その手のことに無知蒙昧《もうまい》なる輩《やから》でございまして、その、まったくもって分かりかねますです」

「口ではそう申すが、目がちがう。手のひとつも握っているはずと、想っておろう」

「けっ、決して左様な不埒《ふらち》な考えなど……」

平身低頭のまま、松本治大夫は出て行った。

しかし、箸を舐《ねぶ》ったのは事実であるし、切っかけさえあったなら女の膝に手を載せたはずの修理之亮である。女たらしなのではなく、女にたらされる男でしかないのだ。

御年寄瀧山が、なにゆえ女小姓しまを城外に出したいのかを考えた。

まず浮かんだのは、しまに好きな男があり添い遂げさせたい。次に考えたのは、他派の連中に命を狙われているのか、だった。

井戸に身を投げる奥女中が跡を絶たないのは、目に見えない仕打ちがなされているにちがいない。

洗い物を盗むような瑣末《さまつ》なことから、床下に閉じこめる危険なことまで、陰湿きわまりない女世界での苛《いじ》めを考えた。

しまは江戸御年寄派の中枢人物であり、京都御台所派の標的にされているのではと思えてきた。

「さて、どう致せばいいか……」

瀧山の無理難題に、修理之亮は頭を抱えた。

外の風をと玄関口へ出たところに、長持《ながもち》が置かれてあるのを見た。

衣裳を運ぶための大きな漆簞笥《うるしだんす》には、駕籠《かご》と同じ担ぎ棒が左右に出ている。

「あ。絵島《えじま》一件」

思いを至らせたのは、百五十年ほど昔の大騒動だ。

大奥で重職にあった絵島が、役者の生島新五郎《いくしましんごろう》と割ない仲になり、新五郎を長持に隠して大奥へ運び込んだ事件である。

ところが発見され、絵島も新五郎も遠島となって収束を見た。

——これなら、奥女中の入れ替えができるかもしれぬ……。

員数さえ合えば、しまの代わりに似たような女を中に込めて入替えをと考えたが、見つけられたが最後、死罪は免《まぬが》れないだろう。

長持の中を確かめずに御錠口を通るなど、考えられないことだった。

絵島生島の事件の頃でも、いい加減であったはずはない。

「ということは、長持の話など作り話ということか」

役者を長持に押し込むような馬鹿げたことは、考えもしなかったのだ。つまり、絵島を陥《おとし》れようとした者の罠だったと、修理之亮は気づいた。

誰とは分からないが、その当時なりの粛清《しゅくせい》がなされたにちがいなかった。死罪とならず、遠島で済んだことが立証していたのである。

「おれの考えた入替えは、子ども並だな」

もっと大人にならねばと、出入りの御用商の動きを眺めた。

「あの若い商人の手つき、女郎屋の男衆《おとこし》そっくりだ。男の気は引けるだろうが、奥女中は嫌がるはず……」

修理之亮はハタと小膝を叩き、しまの放出は吉原の女が願う足抜けに近いことなのだと思った。

廓《くるわ》を出られたところで行きどころのない遊女は、足抜けという怖ろしいことをしようとは考えないという。

しかし稀《まれ》に、間夫《まぶ》なる男に添いたいあまり足抜けをする女が出た。

捕まれば下層の岡場所に売られ、生涯そこを出られないという掟《おきて》があった。それでも足抜けをしたい女は、見つかるまでの短いあいだ男と燃え、あとは心中して果てるのが美しいとされていた。

一年に、一人か二人の足抜けが今もあると聞いている。その手順なり方法を、聞き出したい。

思いたったら急ぐべしと修理之亮は廓へ向かおうとしたが、誰に下城願を出すのかも分からなかった。

難なく下城できたのは、新役の疲れが出たのであろうと一日半の休みの許しが老中の名によって出されたからである。

行く先は、言わずと知れた吉原。もちろん辻駕籠《つじかご》をおごった。

「お侍さまは、どちらへ」

「北国《ほっこく》だ」

「えっ、吉原にご登楼《とうろう》ですか」

半蔵門を出てきたばかりの役人が、幕府官許とはいえ廓に揚がるとはと訝《いぶか》しんだ。

「御城の者とて、用はある」

「そうでした。できたての吉原の監察ってやつでござんしょう。どうぞ、お乗り願います」

駕籠舁《かき》に言われ、気づいた。二年前の大地震で、吉原の色里は総崩れとなったのだった。

六千人ほどの死者を出した安政大地震で、もっとも被害の大きかったのが、吉原である。

下から突きあがった揺れは、不夜城という偽《にせ》の城を崩落させた。新吉原と呼ばれた廓は、瓦礫《がれき》の上に造られていたのだ。

二百年前の明暦《めいれき》、江戸大火災は日本橋の裏手にあった地から移転させた上、焼け残った瓦や焼土を積み上げる地に浅草の裏手を指定した。

一石二鳥を思いついた役人が、瓦礫の上に廓を造れればと進言したのである。

「城と同じにすることで出入りは限られ、やたらに騒ぐ与太者《よたもの》どもを逃しもしなければ、寄せつけもしません」

「ほう。籠城の地と致すか」

「廓見世《みせ》なんぞ、悪所の最たるところ。一朝ことありし折は、閉じ込めればよいのです」

「しかし、瓦礫の上では心もとなくはないか」

「上り坂も含め、ひと夜に万人もの男が通います。地固めはおのずと……」

その通りになった。二百年ものあいだ、北国と称されるほどの天下一の廓となったのである。

そこへ二年前、地中の鯰《なまず》が大暴れしたことで、踏み固まったはずの吉原の地べたを、元どおりにしてしまった。

石垣のない城の脆弱《ぜいじゃく》さは、客と女を一瞬にして葬《ほうむ》ったのである。

火事であれば、逃げようはあった。が、地震に逃げ場はなく、たちどころに千人ちかくが即死する吉原となった。

復興に一年半が費やされ、ようやく同じ地に廓が開かれたばかりの今である。

一路、江戸城から北へ。途中まだ傾いだままの家もあったが、大江戸はほぼ元に戻っていた。

吉原大門《おおもん》へ向かう衣紋坂《えもんざか》は平らになり、味気なかった。

「もう一年半も前になるか、ここがなだらかな上り坂であったのは」

「あの頃は、ようございました。あっしらも夜の御城へ向かうようで、気が大きくなったもんで」

駕籠舁が答えた。

五十間道《ごじっけんみち》と名を変えたかつてのなだらかな坂は、正面に大門が望めないように稲妻型に二回ほど曲がっていた。

「真っ直ぐにしないのも、ご趣向か。男をワクワクさせる刻《とき》を稼ごうって寸法であろう」

「そんなところですかねぇ。へい、着きましたです」

「今も大門で下ろされる駕籠は、中に入れねえのか。おれも新々吉原の口開け、とっときな」

修理之亮は酒手《さかて》に、一分銀《いちぶぎん》をおごった。

「こりゃ、どうも」

桂から阿部となったことで、懐《ふところ》は豊かになっていた。そればかりか広敷の中にいる限り、財布は無用。ましてや城中で暮らす日が多くなってくれば、往復の駕籠代もかからずに済むのだ。

龍宮城の舞姫たちに囲まれ、旨い飯をたらふく食べ、上等な菓子と玉露《ぎょくろ》……。となったものの、命の保証はない。

老中の改革をまっとうするための捨て石が、阿部修理之亮なのである。

「明日をも知れぬ我が身を、精いっぱい堪能するか」

木組の新しい大門を入ると、四郎兵衛《しろべえ》会所《かいしょ》の男たちが次々と顔を出してきた。

廓内の自治組織で、客や女郎と出入りを監視し、もめごとを納める。ここの連中が、修理之亮を見つめた。

そりゃそうだろう。昼日なか、大小を腰にした紋付《もんつき》羽織袴《はかま》の侍が、ひとりで来たのである。なに者かと、詮索しているにちがいなかった。

「新しく生まれ変わったところを、お偉い方が検分ってところじゃねえかな」

「だったら、供侍《ともざむらい》を従えるはずだろう」

「真っ昼間からの、客か？」

「かもな。今なら花魁《おいらん》も、よりどりみどりだ」

勝手なことを言っているが、龍宮城の舞姫たちを見た修理之亮は売れっ子の花魁であっても、触手が動かなくなっているのだ。

会所の一人をつかまえて、問うことにした。

「つかぬことを訊《たず》ねる。どの町の見世も、元のままのところにあるか」

「へい。主《あるじ》夫婦が亡くなった見世は失くなりましたが、たいがいの見世は元どおりで」

「彦三屋《ひこぞや》は、まだあろう」

「江戸二《に》の通りで、番頭さんも昔のままやってます」

「左様か」

歩きだした修理之亮の斜め後ろを、面番所の小者が尾《つ》けてくるのが見えた。

面番所とは吉原の中にある町奉行所の出張どころで、同心が詰めていた。仕事は治安に近いが、ほぼすべてを四郎兵衛会所が担っているといってよかった。

「お役人さんに出っ張られちゃ、固苦しくていけねえ」

女郎商売に役人は無粋《ぶすい》すぎると、廓内の者たちはなにもしない番所を疎《うと》んじた。

「どうせ役立たずの同心を送り込んでるだけの、ひま番所だろう。欠伸《あくび》の数は、夏の藪《やぶ》っ蚊《か》よりも多いぜ……」

確かにそう見えるが、実はとんでもない役目が面番所には課せられていたのである。

日に幾人の客が門を通ってゆくか。

もちろん大まかな数ではあるが、これによって幕府運上金の高が決められた。

「雨つづきの梅雨で客足は落ちましたが、朝帰りの客が多く、実入りはわるくないようでございます」

こんな報告が町奉行所でなく、勘定奉行所のほうへもたらされるのだ。

修理之亮は勘定奉行所の与力に思われたにちがいなく、面番所の小者は声を掛けてきた。

「ご免をこうむります。勘定方の、ご検分でございますか」

「ん？　そんなところだが、口外は無用である。抜き打ちの吟味《ぎんみ》も、ときに必要でな……」

「恐れ入りましてございます。どうぞ、ごゆるりと」

小者は去った。修理之亮を勘定吟味方と思ったのだ。

修理之亮が馴染んでいた彦三屋は中どころの見世で、染めたばかりの暖簾《のれん》を下げた中で男衆《おとこし》たちが掃除をしてた。

「おや、修理の旦那じゃござんせんかぁ――」

暖簾を上げて顔を出したのは、番頭の千吉《せんきち》だった。

「憶えておるか、千吉」

「忘れるわきゃありません。花魁が喜ぶ客といやぁ、修理さんだもの。しかし、今日はまた大層なお姿で。祝言《しゆうげん》の帰りで？」

「あはは。祝言なら嬉しいのだが、少しばかり出世を見たのだ」

「おめでとうございます。でも、御城のお台所方なのは変わりなく」

「広敷のほうへ移ったのだ」

「えっ、大奥へ出入りする者がうかがう御広敷に――」

「声が高い」

「まぁ立ち話もなんでございますから、中へ。花魁たちも喜びますです」

「いや。久しぶりにあらわれたのは、頼みごとというか、知恵を拝借したくてな。主《あるじ》は、おるか」

「内儀《おかみ》さんともども、新見世となったつもりで働いております。どうぞ」

一年半前の大地震で、どこもかしこも新築の芳《かぐわ》しい木の香がした。

内証《ないしょう》の造りも変わらず、広い玄関に式台、そこから二階へ上がる梯子段《はしごだん》となり、遊女部屋がある。

一方、梯子段の横は廊下で、その先に居間兼客間、どん突きの蒲団部屋まで昔のままだった。

「旦那っ、珍しいお役人さまの到来です」

千吉の大声に、主人は手にしていた算盤《そろばん》を落とした。

「わ、わぁ。なんだ番頭っ。お役人さまなら、ひと声掛けてからにしろ。いきなり――」

主人の横では、内儀が銭箱に覆いかぶさり肩で息をしている。

「和三郎《わさぶろう》どの、儲かっておるようだな」

「あっ、修理之亮さま。脅《おど》かさねえで下さいましよ。役人だなんて言うから……」

「昨日の上がりを勘定していたのか。どう見ても、銭箱の蓋《ふた》が閉まらないってところだな」

「ご冗談はお止《よ》しねがいましょう。この大半が新築に掛かった分への返済でして、儲けなんぞこれっぽっちも」

「本当ですって、桂さま。以前のように、懐が淋《さび》しいのでちょいと貸してほしいなんて言わないで下さいまし」

内儀のおかねが、片眉《かたまゆ》を上げた。

「そうであったな。ときに拝借したが、まだ借りたままのがあったか」

「残っていても、もうよろしゅうございます。見れば身なりも立派、うちを贔屓《ひいき》にしてくれたお客さまが出世したんですもの」

「内儀さん。修理の旦那はご出世なされて、御広敷のほうだそうです」

「ほんとうかい、千吉。でも、女郎屋じゃ御用達看板をいただいたところで、仕事にはならないねぇ」

彦三屋の三人は笑った。修理之亮は思わず、口から出そうなことばを呑んだ。

「大奥下がりのお女中は、評判の花魁になるはずだ」

あり得ないことだろうが、そんな見世ができたらいいと思った。

「いけねえ。修理の旦那は頼みがあるって、ここへいらしたんでした」

「幕府のお旗本が、女郎屋ごときに願うことがございますか」

「知恵を授けてほしいのだ。女が足抜けをするには、どうするものかを」

「うぇっ。ここでする話じゃありませんですよ、桂さま」

「忘れるところであった。わたしは桂でなく、阿部となった」

「ご養子に」

「まぁそんなところさ。で、足抜けの手口を知りたい」

修理之亮が真面目な顔をすると、三人は顔を見合わせた。御広敷の役人が、なんでまたと考えたにちがいなかった。

「なにを目論《もくろ》んでいらっしゃるかは存じませんが、ここ吉原じゃときに失《う》せようとする女は出ます。見つかって岡場所へ叩き売られるのが、年に二、三人。ご承知のように、抜け出せたところで迎えてくれる家はありませんからね」

「聞いた話でいい、上手く足抜けした手口はどんなものであった」

「弱ったなぁ。女郎屋の亭主が、見世の中で足抜け話はいただけませんや」

「どこであれば、話せる」

「お断り致します」

「仕方ない。面番所へ参り、彦三屋の銭箱に小判があふれていたと話そう」

立ち上がった修理之亮の脚に千吉が取りつき、帯をつかんだのは内儀おかね、居間の襖《ふすま》を閉めて通せんぼしたのは和三郎だった。

「いけませんですよ、お旗本ともあろうお方が町人を脅しちゃ」

「脅してはおらぬ。取引きと申せ」

「わ、分かりましたので、小判という嘘は止めて下さい。銭ばかりなんですから」

和三郎はこんな居間ではと、修理之亮を奥の蒲団部屋へいざなった。

見世同様に蒲団も新しく、息苦しさは感じない。その六畳間へ四人が入ると思ったら、遣手《やりて》婆《ばば》ぁが加わってきた。

「おすぎ、お前まだここにおったのか」

「修理の旦那とは、お釈迦さまもびっくりだわ。女たちの話をって言われたので来たんだけど、みみず千匹とか数の子天井のことなら任してよ」

婆さんといっても、五十にはなっていないだろう。痩せぎすな女だったが、少し肥えていた。口は悪いが、開けっぴろげなところを好かれる遣手である。

五人も入ると、蒲団に囲まれた六畳はあまりに狭すぎた。

やがて夏という今は、閉めきった部屋の暑いのなんの。灼熱地獄とは言わないが、苦行に近かった。

「手っ取り早く済ませちまおう。おい、おすぎ。女郎が足抜けをする方途を教えてほしいそうだ」

「えっ。修理さまが、花魁と――」

「駈落《かけお》ちをしようてぇ人が、そんなことを訊《き》くわけないでしょう。言い伝えでいいのよ」

おかねが遣手をうながす。おすぎは一人合点でうなずいた。

「分かった。吉原が平地になったので、これから足抜けが増えると思ったんだ。幕府も馬鹿じゃないねぇ、じゃぁ教えますかね」

遣手は欠けた前歯を隠しながら、すわり直した。

修理之亮は積み上げられた蒲団に背をもたせると、胡坐《あぐら》になった。

# 三之章　足抜け

一

昼の見世《みせ》は、廓《くるわ》で働く者にとって休息のときだ。

花魁《おいらん》をはじめ女郎と呼ばれる女たちは、欠伸《あくび》をするのはまだしも、寝汚《いぎた》なく鼾《いびき》をかくのが大勢いた。

夜番としてひと晩じゅう見廻りをする男衆《おとこし》も、まだ蒲団の中にいる。

もっとも夜番といっても不審な侵入者を見張るわけではなく、客が女に乱暴をしたのを咎《とが》めるていどで、充分すぎる仮眠は取っているのだ。

「ちょいと、茂《しげ》どん。昨夜のお客は夜明けに帰っちまったが、玄関に誰もいないと言ってたよ」

「あちゃ、厠《かわや》に行ってたときだ」

「嘘をお言いでないよ。くっきりと寝癖《ねぐせ》が、ほっぺたに刻まれてるじゃないか」

「えへ。ご内証《ないしょう》には内緒にねがいます」

「下らない駄洒落《だじゃれ》なんぞ飛ばさず、表でも掃《は》くがいいのに」

「女中の仕事を奪っちゃ、いけませんや」

「人の分まで働いたら、評判が上がるじゃないの」

「上がったところで、給金まで上げていただけません」

「馬鹿だねぇ。夜明けに玄関先で箒《ほうき》をもってりゃ、朝帰りのお客が感心な奴と、お小遣いが出るってもんだ」

「それを先に言っておいてくれなくちゃ。明日は、早起きします」

見世の中を見廻るつもりなど、初手《はな》からないのが男衆である。それでも稀《まれ》に働き者が出ると、番頭役を仰《おお》せつかった。

彦三屋《ひこぞや》の千吉がそれで、表に出て昼客の袖《そで》を引いていたのだ。

ゆえに蒲団部屋に五人が入り込んでも、見世の者は誰も気づかない。

「客が来たら千吉、おまえが出て掛けあいな」

「値を付けられるのは、おすぎさんじゃありませんか。あっしじゃ、値まで――」

「五百文。でも、はじめは七百と言うのよ」

おすぎは敵娼《あいかた》も適当に選べと、修理之亮《しゆりのすけ》に向き直った。

「さて、修理の旦那さん。足抜け話をするんでしたっけね」

「どんなことでも構わぬゆえ、首尾よく成功したのや、みじめな失敗を見たものでも、思い出せるところを話してほしい」

真顔で頭を下げた修理之亮は、一分金《いちぶきん》を握らせた。

「こ、こんなに」

欠けた歯を隠すのを忘れるほどに、おすぎは小躍《こおど》りした。

「おすぎ。修理さんはお旗本なんだから、天明の時分の外記《げき》話からだろう」

和三郎が遣手《やりて》をうながすと、おすぎは一分金を帯の奥へ押し込みながら膝を乗り出してきた。

「お芝居にもなるくらいですから、ご存じかもしれませんけど、ほとんどが作り話だと聞いてます」

今から七十年ほど前、旗本寄合四千石の藤枝《ふじえだ》外記が吉原の花魁綾衣《あやぎぬ》と心中して果てた事件は、修理之亮も家名を汚《けが》す一大事と聞かされた話だった。

「心中したのではないと申すか」

「二人とも死んだのは本当ですが、ご大身《たいしん》の旗本が、どんなに入れ揚げたところで心中になるはずはござんせんよ」

遊興に大金はつきものだが、身請《みう》けするくらいの銭を調達できるのが旗本と言い添えた。

「うむ。となると、外記は気が触れたか」

「あのですね、大見世の花魁を張るほどの女が、おかしな客と恋仲にはなりませんです。廓を抜け出すのは、命がけなんですから」

「分からん。ではなにゆえ、藤枝外記は女と出奔《しゅっぽん》することになったのだ。また、その方法は――」

「お大名並《なみ》のお武家さまがいくら野暮で粗末な恰好をしたって、そりゃバレます。大門《おおもん》の四郎兵衛会所《しろべえかいしょ》だって、承知していたでしょう。それどころか、面番所の小役人なんぞは、おかしなことをされても注意ひとつできません」

「確かに花魁を菰《こも》に包んで連れ出しても、文句は言えないか。精々若年寄どのを通じて、事の次第を告げるだけであろうな……」

修理之亮は絵島《えじま》一件と逆に女のほうを長持《ながもち》に入れ、御年寄瀧山《おとしよりたきやま》の威光をもって御錠口《おじょうぐち》を通せるかと考えた。

「すると、綾衣なる花魁は尼かなにかに変装して大門を出たか――」

「昔の話ですけど、言い伝えがございましてね。花魁は仕掛《しかけ》を着たまま、堂々と。ただし周りを、お武家さま数人が囲んでいたって聞いてます」

仕掛とは祝言《しゅうげん》に着る裲襠《うちかけ》と同じ物で、吉原ではそう呼んでいる。

「面番所の同心も会所の者たちも、なにも言えなかったわけだ」

「あとは黄表紙《きびょうし》にあるとおり、裏の畑の納屋《なや》で一緒に果てたそうです」

「おかしいねぇ、好いた同士なら手に手を取って駈落《かけお》ちとなるだろうに……。ということは、なに者かが心中と見せかけ、刺したんじゃないかね」

内儀おかねの当て推量は、修理之亮にもまちがいないと思えた。大門を出るときの侍たちは、どこに失《う》せたのかである。

「てぇと、お旗本は馴染んだ花魁が気の毒と足抜けを勧めた。花魁は出たくなった。企《くわだ》てができ、実行に移す。まんまと成功したものの、二人は人知れず始末されちまったってことですかねぇ、修理の旦那」

和三郎が答を出すと、うなずいた千吉が口を開いた。

「お武家の世界じゃ知りませんけど、先月までの仮宅じゃ似たような話を聞きました。大門がねえから、人に紛《まぎ》れて女は幾らでも外に出られる。出てきた女を、悪い奴らが岡場所に叩き売るって話を」

二年前の大地震で、吉原は復興のなるまで各所に仮宅《かりたく》と称した町なかでの営業が許された。当然ながら、門を作るなり囲いを設けることはできなかった。

「旗本の心中は、謀殺となるな」

「ぼうさつってぇのは、なんですかしら」

「御城の中での諍《いさか》い相手を、知らぬ内に始末してしまうことだ。藤枝どのは、利用されたことになる」

「政《まつり》ごとに、吉原が使われるとはねぇ」

彦三屋の四人は目を丸くしつつも、色里も捨てたものじゃないと悪い気にはならなかったようだ。

「ほかにも足抜け話、ないか」

「誰もが思いつくのは、替え玉でしょうね。似たような年恰好の素人女《しろうとおんな》を連れてきて、花魁の衣裳を着せる。一方の花魁は女中の恰好をし、髪まで変えて大門を出るんですけど、上手く行った試しはありませんですよ」

四郎兵衛会所の男衆に限らず、廓内に暮らす者の目は節穴ではない。顔を覆うほどに手拭を被っても、歩き方、手つき、身についた仕種《しぐさ》や気質までどこを取っても、花魁と女中は入れ替われないのだという。

「じゃあ、羅生門河岸《らしょうもんがし》の売女《ばいた》ならば、女中になるのはわけないってことだ」

「千公。安直な河岸の女が抜け出たところで、行く先はねえぞ」

ふたたび四人は笑ったが、修理之亮だけ笑えなかった。

――花魁にも勝《まさ》る奥女中しまの、替え玉などいるはずもなかろう……。


とうとう足抜けの工夫は、つかなかった。

修理之亮は肩を落としながら、大門をあとにした。

しかし、なんとしても大奥という苦界《くがい》から、しまを助け出したい。

美しすぎたがゆえの不幸を幸福に換えねばと、五十間道《ごじっけんみち》を歩くにつれ、修理之亮の侠気《おとこぎ》が頭をもたげてきた。

うつむきつつ、方策を練った。遣手の話から考えられるのは、御年寄の威厳をもって長持の中に替え玉を仕込むことだとの思いを至らせた。

「替え玉ができそうな女など、いるだろうか。あっ、花魁を――」

並の女とちがい、それなりの格を身にまとった女は、ほかに考えつかなかった。

修理之亮は踵《きびす》を返すと、彦三屋に取って返した。

「主《あるじ》っ。吉原随一の花魁を出せっ」

「いきなり、なんでございます」

　訝しがる和三郎を説き伏せるのは、厄介だった。

「安くございませんですよ。おまけに一つまちがえれば、花魁は岡場所に、あなたさまは切腹でしょう」

「阿部修理之亮、元より打ち首獄門をも覚悟しておる。花魁の揚げ代として二百両、番町の自邸へ今すぐ取りに参れ」

言いながら、この者に金二百両をと書いた紙を差出した。

「さて、引き受ける花魁があるものかどうか」

「出せっ。出して来ぬば、おまえを斬って捨てる」

修理之亮は自ら発した罵声《ばせい》が、いつもの自分でないことにおどろいた。

──いかん。焦《あせ》っては、ことの成就《じょうじゅ》が見込めなくなる……。

一刻半《いっときはん》も待たされた。が、夕暮れ前には番町の邸《やしき》へ送り届ける手筈《てはず》ができましたと、嬉しい返事がもたらされた。

「花魁の名は紫蔦《しちょう》と申しまして、旗本さまに身請けされるならと二つ返事でございます」

「身請け？　そこまでは申しておらぬぞ」

「二百両もいただけたのです。引祝《ひきいわ》いこそやれませんが、ここではめでたいこと。堂々と泥水稼業から足を抜けられるのですから」

和三郎の莞爾《かんじ》として笑う顔が、これほど頼もしかったことはない。

修理之亮は飛び立つ思いで表に出ると、大門から走り出し、日本堤《にほんづつみ》の河岸から猪牙舟《ちょきぶね》に乗った。

「御城にいちばん近い舟着場へ、急げ」

船頭を急《せ》かした。

川風を受けながら、瀧山さまがどんなに喜ぶだろうかと想い描き、しまの嬉し涙を思った。

二

暮六《くれむ》ツ、老中阿部伊勢守《いせのかみ》より拝借の大名駕籠《かご》に、修理之亮と紫蔦は相乗りをして半蔵門《はんぞうもん》へ向かった。

四人の陸尺《りくしゃく》が担ぐ駕籠であれば、華奢《きやしや》な女ひとり加わっても大事ないようだ。御城の門を前に、下りなくてはならない。修理だけ外へ出て、城内に持ち込む大切な荷がと、あえて不快そうな顔をして言い放った。

ちょうど番士交代の刻《とき》で、中を調べることなく駕籠は通ることができた。が、広敷門の前では、駕籠改めがなされる決まりがあった。

「明朝、大奥へ納める呉服物である。広敷役の拙者《せっしゃ》、すでに改めておるっ」

「でありましても、役目上いたさねばなりません」

「朝になってでよかろう」

「あ――」

広敷番の者が、駕籠から女の裾《すそ》が覗いているのを見つけた。

「これは、呉服の端衣《はぎれ》である。な、なんとぞんざいな積みようを……」

「御広敷役さま、これはちがいますな?」

修理之亮が言い淀んだことで、嘘がばれた。呉服であれば長持《ながもち》にて運ぶだろうし、雑な積み方をするはずもないのだ。

「阿部さまは、今宵《こよい》より宿直《とのい》をなさるとうかがっておりますが」

「い、いかにも」

「独り身でもあられましたな」

古参の番士が上目《うわめ》づかいとなり、修理之亮を見込んできた。そして、背を向けてつぶやいた。

「奥向《おくむき》ではない広敷なれば、お持ち込みも酒だけとは限りませんでございましょう」

女であっても、目をつぶってやろうというらしい。

「そなたは、竹村新八《しんぱち》であったな」

「憶えていただき、光栄に存じます」

いずれ恩を返すとの修理之亮のことばに、番士らは消えてくれた。

あとは伊勢守の指図どおりに行けば、瀧山の下命で駕籠役の女たちが、御錠口《ごじょうぐち》に来てくれるはずだった。

そこで中身となる女が入れ替わるのだ。それさえ上手く行けば、修理之亮の役割は終わる。

待ちつづけた。夕餉《ゆうげ》も喉を通らないまま、待ちに待った。

やがて修理之亮は部屋に運び込まれた駕籠から、紫蔦を出した。

「苦しかったであろう。今しばらくの辛抱である。用を足したくは、ないか」

「いえ、お大名の乗物には、砂箱がありいす」

砂箱とは砂を敷いた引出しで、中で用を足せるものをいう。最上の花魁《おいらん》ともなると、なんでも知っているのだ。

「そなた、夕餉は？　拙者は手をつけておらぬゆえ、どうだ」

「一日や二日、なにも口にせぬことには馴れておりいす」

顔を上げた紫蔦の目が、潤んでいた。怖がっているのではとの気遣いは失《う》せ、女は喜んでいると確信できた。

苦界《くがい》を抜け出られた。この先はどうなってもいい。そんな強い意志まで、瞳の奥に見えた。

抜けるほど白い肌、きれいに揃えた眉《まゆ》、薄い唇は奥女中しまとは異なるが、柳《りゅう》営《えい》の女としての品格は充分にあった。

二百両の買物とは、思わない。吉原にもこんな上物がいたのかと、吉原の凄さに気づいた。

とはいうものの、いつ御錠口から声が掛かるかと待つ身には、目の前の餌物《えもの》に手をつけるわけにはいかない。

長い長い夜は、はじまったばかりである。

女の匂いが修理之亮の鼻を襲ってきたことで、むせんだ。

生ぐさいのとはちがうが、高尚な香りではなかった。美醜とは関わりがないのだろうが、人肌と場ちがいな城中の座敷と相俟《あいま》って、若い旗本を絡め取ってきそうな勢いをもってきた。

――い、いかん。ここで迷っては、伊勢守さまの改革が頓挫する。

用を足すのを我慢しているかのように身をくねらせ、修理之亮は自重した。

「お旗本さまに、うかがいます。御城でわちきを側女《そばめ》にと、御披露目《おひろめ》をなさるのでありんすか」

千石もの幕臣であるなら、側室も届け出た上で将軍お目もじにあずかるのかというのだ。

どうやら替え玉になるとの話は、伝わっていないらしい。それと廓《さと》ことばだけは、控えてほしかった。大奥で出たが最後、敵対する一派に突っ込まれるに決まっていた。

「伝えておかねばならぬようだ。そなたの物言い、とりわけありんすことばは使ってはならぬ。御城内《おしろうち》におる限りはな」

「はい。出さぬように……」

紫蔦は言ったきり、口をつぐんでしまった。

広敷に、音が失せた。奥向との折衝《せっしょう》の場であれば、夜半は人の出入りはなく、いるのは番士それも昼の四半分の数でしかないのだ。

ほんの目と鼻の先の大奥とは、厚い銅塀《どうべい》で隔ててあるのなら、音のするはずもない。

市中であれば、武家屋敷街でも火廼用心《ひのようじん》の拍子木《ひょうしぎ》や、按摩《あんま》の笛が聞こえるものである。

修理之亮と紫蔦、たった二人の部屋の中は息苦しさにあふれはじめた。

一年半ものあいだ女断ちをつづけた修理之亮は、蛇《へび》の生殺しや生き埋めの断末魔とはこうしたものかと、奥歯を噛んで耐えるしかなかった。

カタリ。

紛《まぎ》れもなく御錠口の錠前を外す音がして、われに返った。

部屋を出る。その先には、御錠前番士がいた。一人だ。が、首を傾《かし》げてきた。

「御広敷役さま。なにごとにございましょう」

「さて、ど、どうしたことかな……」

惚《とぼ》けたつもりが、呂律《ろれつ》がまわらなかった。

と同時に、御錠口の扉がわずかに開いてくる。大奥の明かりが広敷側の廊下に射すと、番士は立ち上がっていた。

ええい。なるようになれと、修理之亮の拳《こぶし》は番士の鳩尾《みぞおち》を穿《うが》った。

番士は声も上げず、その場に倒れた。

扉が開けられ、屈強そうな女四人が静かに修理之亮の部屋に入り、仕組んだとおり紫蔦を乗せた駕籠に取りついた。

それっとばかりに担ぎ上げ、廊下へ出たときである。

バラバラ、バラ。

どこからともなく黒装束《くろしょうぞく》の男たちが、脇差を抜き放ち、駕籠を囲んだ。

「伊賀広敷者、狼藉《ろうぜき》いたし女の侵入と見た。駕籠を、開けいっ」

「なにを申すのです。この中は御台様《みだいさま》のお着物、そなたら小者は見ることも適わず」

先頭に立つ女が、一喝した。

が、聞く耳もたずと、伊賀者は切っ先を駕籠の中に刺し込んだ。

「ヒィッ」

中から紫蔦の押し殺した悲鳴が出て、女の侵入が白日《はくじつ》の下《もと》に晒《さら》されてしまった。

「城中にての刃傷《にんじょう》、赦《ゆる》されると思うてかっ」

修理之亮は紫蔦の赤い血が滲む肩口を押えながら、伊賀者に吠えた。

傷は浅いが、動揺した花魁は縋《すが》りついてきた。

「わ、わちきは、死んでも本望でありんす」

廓ことばが出たことで、城へ忍び込んだのが花魁と知られてしまった。

「御広敷役さまご一存にて、かような不浄なる女を引き入れましたか」

「いかにも。無聊《ぶりよう》をかこつ身なれば――」

「見苦しいであろう。阿部修理とやら」

伊賀者の背後にあらわれたのは、老中配下の大番組の古株で、新しい老中首座の堀田備中守《ほったびつちゆうのかみ》の腰巾着《こしぎんちやく》との噂が高い、西田玄蕃《げんば》である。

「御家人ごときに、四の五の言われとうはないっ」

「身分の上下に関わらず、正邪を問うのが侍たる者の務め。女郎を連れ込んだばかりか、奥向の女中らを加えての酒池肉林。天下の大罪でなくして、なんと申しひらけるか」

御錠口が開いたままであれば、言いわけの通じるわけはない。

立ち竦《すく》んでしまった奥女中らは縄を打たれ、廊下に出された。そのとき、御錠口の扉がいっぱいに開いた。

「た、瀧山さま」

天の助けが、舞い降りてきたのである。修理之亮は声を上げた。

大奥との敷居ごしで、瀧山は鷹揚《おうよう》に口を開いた。

「修理、ご苦労であった。そなたの致した働きは逐一《ちくいち》、備中守さま配下の玄蕃が上様へ申し上げるであろう」

「――――」

玄蕃がというのが、分からない。どういうことかと修理之亮が目を上げると、瀧山は口の片方を上げて笑った。

「大奥の粛清《しゅくせい》をなんぞと、伊勢守ごときの思い通りにさせるとでも思ってか、修理」

「えっ」

「真の敵には、親しく近づくが常套《じょうとう》ぞ。伊勢めは、この瀧山を清廉《せいれん》なりと、信じて止まぬ空《うつ》け者《もの》であった。城中において、老中首座は堀田備中どのになられた。筆頭職と懇意になるは、古今東西変わらぬ鉄則であろうぞ」

「う、裏切りましてか、瀧山さま」

「ほほほ。寝返るとは知恵なりと、言い換えよ」

裾《すそ》を翻《ひるがえ》して踵《きびす》を返す瀧山へひと太刀と、修理之亮は脇差を抜いて迫ったが、御錠口の固い扉は閉められた。

「阿部修理、年貢を納めよっ。斬首とせず、切腹の沙汰《さた》で済むことに致した。それとも外記とかいう旗本同様、ともに外へ放たれ遊女と相対死《あいたいじに》も美談になりますかな……」

「き、貴様っ」

吠えた修理之亮に、紫蔦が縋りついてきた。邪魔だと花魁を突き放して、玄蕃に斬り掛かろうとしたとき、背後に衝撃が走った。

「うっ。うぅっ」


「うっ。うぅっ……」

「ちょいと、修理の旦那ぁ。蒲団部屋だからって、居眠りはねえでがしょう」

修理之亮の肩に手を載せた和三郎が、揺り起こしてきたのである。

「あ。ここは」

「新吉原、彦三屋の蒲団部屋です。話を聞きたいと、旦那からの注文でこうしてあつまったんじゃありませんか。知らねえまにコックリしはじめたと思ったら、大鼾《おおいびき》。その内に寝言になって、身体まで揺れだしました」

「相済まぬ。夢を見たようだ……」

「どんな夢かは存じませんが、五臓六腑《ごぞうろっぷ》の疲れが悪い夢を見るって言いますからね。今度の御広敷役は、気苦労だらけってところのようですな」

「……。ところで、吉原に紫蔦と申す花魁はおるか」

「しちょう。そんな名は聞きませんですが、河岸《かし》の安女郎にならいるかもしれません。ひとっ走り行ってきましょうか」

「止《よ》せ。行かずともよい、千吉。夢にあらわれた女でな、わたしが二百両で身請《みう》け致したのだ」

「二百両。こりゃぁ夢でしかありませんね。修理の旦那は、確か二百二十石。とてもじゃねえが、工面は難しいでしょう」

「今は千二百石となった」

「あちゃぁ〜。花魁と心中するのだとしたら、お家断絶となっても、名は末代まで残りますですよ。ねぇ、是非そうなさいましよ」

「おすぎ、それを望んでか」

「悪くありませんね、引祝《ひきいわ》いをしてあたくしに御祝儀なんぞをいただけた上なら」

「あっしにも、ねがいますよ。千吉をお忘れなく」

「今は不景気でございますから、二百とは申しません。うちの花魁で、百五十で手を打ちましょう。ねぇ、お前さん」

おかねの思いつきに、和三郎はうなずいた。

「誰あろう、修理の旦那だ。近い内に上等な女を仕入れますから、それを。なにあろう生娘《きむすめ》ですぜ」

「おまえたちは、こぞって銭の話にしてしまう。至誠《しせい》に通じるような、仁なり義に殉じようとは思わぬのか」

「しせい、通じましょう」

四人はすわり直すと、姿勢を正した。

三

無駄足になったと、修理之亮は大門をあとにした。

もう夢ではなかろう。試しに、頰をつねってみると痛かった。

平らになった五十間道を歩いていると、かなり汗をかいてしまっていることに気がついた。着替えたいところだが、換えもない。

といって古着屋に入れる貧乏旗本では、もうなかった。それも紋付《もんつき》や袴《はかま》ではなく、襦袢《じゅばん》と下帯《したおび》を買いたいのである。

「夕方になるのに、暑いな。羽織と袴は、脱いでしまおう」

日本堤の土手に立ち、脱いだ羽織と袴を木に掛けた。ついでに帯もと、解きはじめた。

山谷堀《さんやぼり》を渡ってくる風が心地よく、着ていた紋付まで脱いだ。

大身《たいしん》の旗本にあるまじき姿とは思うものの、幕臣か藩士かも分かるまいと足袋《たび》も取ってしまった。

木の幹に腰を下ろして、茜色《あかねいろ》に染まりつつある夕陽を眺めた。

「これが宮仕《みやづか》えってものか、馬鹿らしいな」

毒見役よりはと思った御広敷役の勤めだったが、それなりの厄介ごとは付きものなのだ。老中でも門番であっても、男女を問わず苦労に事欠く仕事はないらしい。

「浪人をいいとは思えぬ。といって、無役寄合《よりあい》の旗本というのもなぁ……」

せっかく奥女中しまの出奔《しゅっぽん》に俠気《おとこぎ》を出したものの、手助けはできなさそうだと気づくと気持ちは萎《な》えてしまっていた。

パサッ。

頭上で音がして、紗の紋付が風に飛ばされたかと、立ち上がった。

土手の下まで飛んでゆくのを、追いかけた。

「あっ、泥棒」

紋付に隠れるように走る男が見えて、声を上げた。が、道往く者の多くは吉原へ向かうのか、面倒に関わりたくないと聞こえぬふりをしている。

足に自信のある修理之亮だが、盗《ぬす》っ人《と》のほうも速かった。

新誂《しんちょう》した紋付を、二日ばかり袖《そで》を通しただけで奪われるのは嬉しくない。貧しかったときの思いが、盗っ人を捕えた。

「悪ふざけにしても、赦《ゆる》せんぞ」

首根っこを押えつけられた男は、若い与太者《よたもの》だった。頬のひとつも張って赦すかと思っていると、土手の上に歓声が上がった。

「うわぁい。帯も袴も売っちまうぜ、田舎侍」

与太連中が、三人もいた。

「おまえの仲間か」

土手に戻ったところで、大小まで盗られては元も子もない。首を押えたままの一人を伴い、土手に戻った。

人質にしたためか、三人とも木のところで動かなかった。太々《ふてぶて》しい面が、笑っている。

「悪戯《いたずら》も、大概に致せ。町人が、武士を揶揄《からか》うものではないぞ」

たしなめたつもりだったが、ニヤニヤしはじめた。

「性質《たち》が悪いな。笑って済まそうというのか」

「田舎侍が、説教をしやがったぜ」

ことばを吐いた与太者へ、修理之亮は平手打ちを見舞った。

背後に人が立ったので、ふり返ると二人。

「お侍さん。ガキ相手に乱暴はいけませんやね」

どう見ても、破落戸《ごろつき》である。ダラリと着物を開《はだ》げ、首を曲げて薄笑いをした。

「そなたらの子分か」

「あはっ。そなたと来やがった。江戸へ来たばかりの、藩士だ」

「まちげえねえや。土手で着物干しをするなんて、田舎者だな」

因縁をつけて、いくばくかの銭をせびり取ろうというのだろうが、修理之亮に
宮仕えの鬱憤《うっぷん》がたまっていた。

「田舎侍で悪かったな」

「おっ。言い返してきたぜ、生《なま》っ白《ちろ》い侍がよ」

言ったなり、懐《ふところ》の匕首《あいくち》をちらつかせる。

「無礼討ちに致すとか言って、抜き身を出そうにも奴らが持ったままだぜ」

「不用だ」

ひと言を放つと、修理之亮はあごを上げている一人の足を、力いっぱい踏んづけた。

「痛っ」

「人並みの痛みが分かるのなら、いま少し大人になれ」

分からん奴には身体《からだ》でと、修理之亮は身を沈め、ガツンと頭で男のあごを突き上げた。

「うわぁ」

叫びとともに、土手の下へ転がっていった。

「て、てめえ」

今ひとりが匕首を抜き放った腕を、突き出してくる。

躱《かわ》しつつ毛脛《けずね》を蹴ってやると、前のめりになった。手刀で匕首を叩き落とし、腕を捻《ね》じ上げた。

「グゥ」

蛙《かえる》をつぶしたような音を上げ、身体を反《そ》り返した。

「堀の水で顔を洗い、出直して参れ」

腰を足で突くと、下へ飛んでいってしまった。

ドボン。

山谷堀に、足から落ちた。

「お見事ぉっ」

吉原へ向かおうという猪牙《ちょき》舟《ぶね》から、ヤンヤの喝采が起きたので、一礼を返した。

着物を盗むつもりだった若い与太連中が、兄貴分らしい二人を介抱する様が、ほほえましく見えた。

「仲間を大切に致せよ。牢につながれぬように」

少しは風が通ったかと紋付を着ているところに、また一人やってきた。

身構えようとしたが、頭を下げられた。

法被《はっぴ》の袖口から、彫物が顔を覗かせている。

「どうにも面目《めんぼく》ねえことを致しまして、お詫び申します」

「あの連中の、頭分《かしらぶん》か」

「いえ。浅草からこっちを預かっておりますような者でして、お侍さまが片づけました与太者どもを、改悛《かいしゅん》させねばならぬのです」

四十前後か、長身の浅黒い引き締った身体をもつ苦味走った男で、下手《したて》に出る姿がかたちになっていた。

「いうところの当節流行《はや》りの、俠客《きょうかく》か」

「あはは。そう言われちまうと、なんとも。正業は、火消を組の小頭で國安《くにやす》と申す男でございます」

「火消の棟梁《とうりょう》か」

「とんでもございません。棟梁は、親分辰五郎《たつごろう》。人呼んで、新門《しんもん》辰五郎と申します」

新門辰五郎の名は、修理之亮も知っていた。

を組の小頭となって名を挙げ、組頭になった男伊達《おとこだて》は、不届きな旗本とも喧嘩ができる男の中の男とされて久しかった。

「左様な者の子飼いと聞けば、そなたも義に生きる男であろう。与太者を片づけたつもりであったが、半裸で土手におったほうこそ迷惑であったな。済まぬ」

「お止《よ》し下せぇ。あんな薄馬鹿どもを、のさばらせたのは一家の名折れ。謝まるのは、こっちでございます」

「言いようが立派だな。なれば、これにて」

袴を着けた修理之亮が、大小を差して羽織を手にすると、國安は前に立ちはだかった。

「お訊《たず》ねするのは失礼とは存じますが、お侍さまはどちらのご家中で」

「困ったな。言わねば、帰してくれぬか」

「いいえ、仰《おつしや》言らずともよろしゅうございます。それを承知で、お頼みしたいことができそうで、うちの親分から」

「頼み？　江戸一番の男が、わたしごときになにを」

「話は歩きながらってことで、いかがでしょうか」

面白半分は、毒見役という変化のない仕事から解き放たれた修理之亮に、興味をもたらせるに充分だった。

——どうせ暇《ひま》、というか命じられたことに行き詰まった身だ……。

なるようになるだろうとの生来の性格は、國安の奨めに従うことにした。

「辰五郎親分は、伝法院《でんぼういん》前におるのか」

「へい。齢《よわい》五十にもなりますと出掛けて行くことより、用のあるお方のほうが出向いて参ります。こんなことじゃ、火消の頭も務まらねえと嘆いておりやす」

「噂だと、入ってくる日銭の重さで床が抜けたと聞く」

「ものの譬《たと》えでしかございませんが、銭《かね》には困らなくなってます」

「ショバ代とやらの、上がりか」

「まぁ祭りの露店やら、顔つなぎなんてぇのまで色々――」

「博打《ばくち》の上がりが、ほとんどだろう」

「お侍さまは、なんでもご存じのようだ。それが大きいのは、確かです」

國安が頭をかくと、正直が顔に出た。

「ご法度《はっと》の丁半《ちようはん》博打も新門一家のとなることで、町奉行所も大目に見ると――」

「それは、ちがいます。浅草伝法院門前のと言われておりますが、親分辰五郎は浅草寺《せんそうじ》出入りの者じゃござんせん」

「浅草寺の、手伝い職人ではないのか」

「へい。上野寛永寺《かんえいじ》の輪王寺《りんのうじ》宮《みや》さまより、伝法院のお庭番役を仰《おお》せつかっております」

伝法院は宮様が浅草お成りの節に御休息所とされるところであり、浅草寺の僧坊ではないという。

「わたしも聞いておるが、輪王寺門跡《もんぜき》の宮様は別格。そのお方が後ろ楯《だて》となると、辰五郎どのの威光は大したもの」

「お侍さまは、大名家の藩士ではなく、幕府の――」

「野暮なやり取りは、止そう」

修理之亮が手で制すと、國安は口を閉じた。

伝法院門前が、目に入ってきた。

「こちらでございます」

を組の番小屋ではなく辰五郎の家だというが、それなりの門構えに見越しの松、玄関先まで水が打たれている様は、ちょっとした邸《やしき》だ。少なくとも、修理之亮が暮らす旗本邸より重厚だった。

「お帰りなせぇやし、小頭」

火消の下《した》っ端《ぱ》だろうが、恰好も挨拶も大名家の中間《ちゅうげん》など足元にも及ばない仕種《しぐさ》を見せる。

小頭の國安が指図する前に、若い火消は客人の修理之亮を玄関に迎え入れた。

「そのまま、中へ」

「ん。履《は》いている物が」

「どうぞ」

冗談というのであれば言われたままにと、修理之亮は草履《ぞうり》を脱がずに上がろうとした。

ササ、サッ。

見事なまで巧みな手つきで、修理之亮の草履は左右とも脱がされてしまった。

「………」

目を瞠《みは》っていたところに、別の火消が盥《たらい》を持って出てくると、修理之亮の両足とも絞った手拭できれいにされた。

呆《あき》れ顔の修理之亮を、いつものこととの顔をした國安が、奥の座敷へ導いてゆく。

床から柱、天井に至るまで、磨き上げられた家は、塵《ちり》ひとつない本丸大奥を思い出させるに充分だった。

「こちらへどうぞ」

通されたのは客間のようだが、凝った設《しつら》えのまったくない禅寺の一室そのままなのも気に入った。

すぐに辰五郎があらわれたのが、意外に思えた。

江戸一の侠客となれば、もったいぶって待たせるもの。ところが、辰五郎は愛想よく修理之亮の下座にすわって手をついた。

「新門辰五郎、侠気《おとこぎ》あるお侍さまの登場を待ち望んでおりました。ようこそのお運び、痛み入りましてございます」

五十がらみの小柄な男で、半分白くなった髪と丸い顔と体つきが、火消の棟梁に見えない。

「いきなり侠気があるとは、片腹痛い」

「小頭の國安の睨んだところに、狂いはございません。そこを見込んでの願い、どうかお聞き届けのほどを――」

「待て。往来、それも日本堤の土手で出会っただけ。ましてや拙者《せっしゃ》は、どこの馬の骨ともわからぬ侍だ」

「どちら様のご家中であっても、真《まこと》の男児《おのこ》でありさえすれば、名を聞かぬほうが互いのためというものです」

「なにを頼まれるか知らぬが、見ず知らずの者に打ちあけ話などしてよいとは思えぬ」

「いいえ。あなた様がお役人であっても、あるいは外様の藩士、仕官を望む浪人、黒船に乗って参られた異人だとしても、侠気をもって事にあたるお人であることはまちがいございません」

丸い顔の口元はほころんでいたが、眼光だけは鋭く修理之亮を見込んで言い放った。

「参ったな。わたしにも、せねばならぬ仕事がある」

「でございましょうが、五日いいえ十日に一日ほどのお休みはあるはず。その内の半日ほどを、お貸しいただきたいのです」

「で、なにを致せと」

「鬼退治とでも申しましょうか。分かりやすく申すなら、この新門一家の助《すけ》っ人《と》をねがいとうございます」

「いうところの、用心棒か。それも賭場《とば》荒らしを、追い払う――」

「左様に思われるのは無理もないところなれど、この新門辰五郎は上野の輪王寺宮様を戴《いただ》く者。ご法度の博打なんぞからは、とうの昔に足を洗いました」

町火消を組であっても、伝法院の門番を賜《たまわ》ったことで、寺社奉行の配下にあると言い添えた。

寺社奉行は、町奉行より数段格上である。そればかりか寺社方の威光が功を奏し、浅草寺周辺の店の上がりの一部を頂戴しているとも言った。

「押入れの根太《ねだ》が抜けたのも、本当のようだ。用心棒など、町道場の師範代にでも申しつければよいではないか。なり手は、いくらでもおるだろう」

「賭場ではなく、あっしら一家の出向く先にご一緒ねがいたいのです」

「出向く先、とは」

「あくどい儲けを致す者、人としての道を外している者など、六十余州の先行きに害をもたらす連中を懲《こ》らしめるため——」

「町奉行所の仕事であろうが」

「五十名ほどの町方同心で、大江戸と呼ばれる百万もの人々を見られましょうか。ましてや新門は、寺社方の内になりました。手を出すわけには参りません」

「待て。わたしに、脅《おど》し役となれと申すつもりか」

「まさか。今申した悪党の家に乗り込み、正邪を判断した上で、それ相応の銭を吐き出させたいのです。もちろん出たものは、公儀《おかみ》へ」

「大名である寺社奉行を直々《じきじき》に向かわせ、談判いたせばよかろう」

修理之亮は馬鹿ばかしくなって、立ち上がろうとした。

國安が手を開げ、待って下さいという。辰五郎はその後ろに廻って平伏《へいふく》し、鋭い目を上げた。

「当今の政《まつり》ごと、大きく揺らいでいるとお思いになりませんか。異人の到来にはじまり、幕府の右往左往ぶりはご存じのはず。ましてや寺社方に与力はおらず、数名の同心のみの小さな奉行所。その下にあるわたくしどもは、動きたくても動けません」

辰五郎のことばを受けて、國安が口を開いた。

「義に厚く、仁を抱く身なりの立派なお武家さまが、是非とも必要なんでございます」

「……。そう言われても、寺社方の同心を偽《いつわ》るのはなぁ」

寺社奉行所なるものはなく、寺社奉行となる大名家の中に置かれていた。そこへ同心となった御家人が配されているのだ。

とはいえ徳川家の旗本で御広敷役の自分が、寺社方の仕事を兼務するなど許されるとは思えなかった。

「偽るわけではありませんです。いきなり乗り込んでいただき、あっしらは表から裏口までを見張ります。その家の者が外に出て助けを求めるなり、貴方《あなた》さまが本当に寺社方かどうかの真偽を確めることのないように致します。もちろん、名などは適当に――」

「おいおい。それでは、まるで押込み強盗ではないか」

「正義のための押込み、いけませんか」

「うへっ。江戸一番の俠客とは、そこまでせねばならぬと……」

「はい。当たりまえながら、新門一家の持ち銭《がね》も公儀へ差出しておりますものの、それくらいではとても足りませんのです」

修理之亮も知っている。異国の軍船や大砲《おおづつ》を買うのに、百両や二百両ではとても足りないと。

銭が必要だというのは、大奥の粛清《しゆくせい》の理由でもあったことを思い返した。

理屈は分かった。しかし、影の仕事を兼務してよいものかどうかは、大きな問題だろう。

一昨日までの台所方検見役《けみやく》と比べ、なんと複雑な上に、危ない橋を渡らなければならないことか。

しかし、やり甲斐はあるかもしれないと、修理之亮は思わず身を乗り出してしまった。

「辰五郎に訊《き》く。なにゆえ公儀に肩入れを致すのだ」

「一にも二にも顔、これを潰《つぶ》されたくないためと申し上げます」

「顔と申すは、沽券《こけん》のことか」

「へい。これがなくては成り立たないのが俠客と、お思い下さい……」

はじまりは町火消。今もそうであるものの、輪王寺宮に気《き》っ風《ぷ》を買われて浅草一帯の庭番役にまでなった。

すなわち江戸俠客の顔役である。その男が立たないとなれば、江戸じゅうの俠客が軽く見られてしまうのだという。

やくざ者ほどに無法ではないが、無頼漢の中では犯すべからざる掟《おきて》が存在する。

という以上に、仲間内だけの厳しい律法がなくては、たちどころに崩壊するのが俠客世界なのだと言い添えた。

世間で通じる法度から逸脱しても、掟だけは守らなければ放逐《ほうちく》されても仕方ない。いうところの、人情より義理を優先する世界なのだ。

「ところが、その義理を銭で弾きとばす悪党が跋扈《ばっこ》しはじめました」

「商人か」

「左様でございます。自慢じゃねえが、あっしらはどんなに銭を積まれても、曲がったことに加担は致しません。しかし、身分あるお武家さま方の中に、めっぽう銭に弱いお人が出て参りやした……」

無役の旗本や御家人、借金だらけの小大名たちが、これである。修理之亮には、耳の痛い話だった。

袖の下で手にした大枚によって、猟官《りょうかん》に走る旗本。商家の娘を娶り、御家人株を売り渡したも同然の御家人などが、周りに多くなっていた。

結果、武家身分は銭の下に置かれてしまいつつある今である。

「本来なれば、それとなくあっしらが制することのできたものでした。しかし、当節は固苦しいことを申すな、これが世の馴らいなりと笑われる始末。江戸侠客の顔が立ちません」

言い切った辰五郎の、唇がふるえていた。

「わたしは分かったとも、手助けを致すとも約束はしかねる。が、辰五郎どのの気っ風に、感じ入った。次の休日、ここへ参ろう」

「よろしくおねがい致します」

辰五郎と國安は、揃って手をついた。

外に出た。といって、行きどころのない修理之亮なのだった。

二、三日は疲れを癒《い》やすつもりで、広敷をあとにしていたのだ。といって、戻りたいところは吉原だが、居眠りをして間抜けな夢を見たあとに、ノコノコ出向くのはみっともなかろう。
実家しかないかと、足を番町へ向けたところで気がついた。

——あとを尾《つ》けられてか……。

修理之亮をどこの何者なのかと、を組の若い衆《し》がついて来ているのが感じられた。

御城勤めの幕臣でも、番町に住む旗本でも、知られて構うものではなかった。とはいうものの、できるなら身元を隠しておくのが面白かろうと、遊びごころの修理之亮は足を深川へ向けることにした。

四

深川。江戸の男はこの名を聞けば、岡場所と思いつく。それほどに繁昌《はんじょう》する私《し》娼窟《しょうくつ》だった。

家々に灯《あか》りがともりはじめ、少しずつ賑わいを見せるのは、どこやらから三味線の音がしていたからだろう。

江戸一番の岡場所は茶屋が増えたことで、深川芸者なる独特の女芸者をつくり上げていた。

俗に羽織芸者と呼ばれているのは、客の座敷に羽織を着たまま出たのでその名が付いたという。

本来は防寒であり、また修理之亮たちが登城するときに正装を意味するのが羽織だが、深川の芸者は女だてらに堂々と着た。

「だって、潮風が寒いんですもの」

そうは言うが、意とするところは——

「お女郎さんたちと、一緒にしないでね」

辰巳《たつみ》芸者と自ら名乗り、腰から下は売らないとの矜持《きょうじ》を誇った女たちなのだ。

千二百石の修理之亮であれば、もう女郎買いはしづらくなった。なぜなら、大奥の乙姫たちを目にしてしまったからにほかならない。せめて吉原で五本の指に入る花魁《おいらん》、それ以外はご免こうむりたい。

二年前の大地震で、深川も崩壊したはずだが、復活は早かったと聞く。安普請《やすぶしん》の仮小屋で営業をはじめると、もって行きどころのない悲憤を女郎で癒《い》やそうとする男たちであふれ返ったのだ。

男には憩《いこ》える場所があった。ところが女にはない、とは思わないのも男どもだった。

修理之亮は、ぶらりと吉原同様に木組《きぐみ》の新しい茶屋の一軒に掛かる暖簾《のれん》をくぐることにした。

「いらっしゃいまし。ええ、ご新規さんで――」

番頭が修理之亮の身なりを見て、上目《うわめ》づかいで出てきた。

上客に思えるが、まさか役人の探索ではないだろうなの目である。

岡場所とはご法度《はっと》の稼業であり、数年ごとに手入れを食らうところだった。

理由は一つ。官許の吉原とちがい、上納されるべき運上金を納めていないからで、決まって幕府御金蔵が少なくなっているときと決まっていた。

もちろん茶屋そのものは、女郎屋ではない。しかし、私娼が一掃されては、茶屋も立ち行かなくなってしまう。

「生憎《あいにく》、一見《いちげん》さまはお断わりとなっておりまして、どなたさまかのお口添えをいただきませんと――」

「ずいぶんと、敷居が高くなったものだ。なぁ、亥太郎《いたろう》」

「えぇっ、どなたさまで。あぁっ、修理さんじゃありませんか」

「思い出したか、亥の字。女郎屋の男衆《おとこし》が、茶屋の番頭に出世したとはな」

「なにを仰言《おっしゃ》いますか、そちらこそ大層なお召し物。台所方のご嫡男《ちゃくなん》だった身が、跡を継ぎますと左様なお姿に」

「まぁ旗本なれば、それなりにってところさ」

　修理之亮は加増されたことも、姓が変わったことも言わなかった。

「あたくしも一昨年の地震《なまず》のお蔭で、女郎屋から茶屋へ引き抜かれましたです。なにはともあれ二年ぶり、辰巳の芸者をあげてワッと騒ぎましょうや」

誘われたなら、寄り添ってみよ。若いとき憶えた信条を思い出した。

「そうか。辰五郎の誘いにも、乗ってみるべきかも……」

「誰ですか、辰五郎ってえのは」

「悪友でな、おのれの邸《やしき》の一郭を賭場《とば》に貸した者がおってな――」

「お止《よ》しなせぇましよ、博打《ばくち》なんぞ。飲む打つ買うと言いますがね、酒は飲みすぎりゃぶっ倒れ、女は銭がつづかなきゃ寄って来なくなります。ところが博打だけは、銭の融通をつけてくる奴が出てきて尻《けつ》の毛羽《けば》まで抜かれた挙句は身の破滅。お旗本が、手を出すことじゃありませんや」

「分かりきった説教もどきを、口にするまでになったか、亥太郎が」

「いやですねぇ、お互い昔のことは言いっこなし。今夜はね、売り出し中の芸者を付けて差しあげましょう。惚れてやってください、他の客のものとなる前に。万事この亥太郎めに、お任せを」

亥太郎は一人合点をして、修理之亮を二階座敷のひと部屋に押し込むと、売り出し中という芸者を呼ぶべく出て行った。

茶屋の玄関を入るまでの修理之亮の一部始終は、尾《つ》けてきた新門一家の若い者に聞かれただろう。

さらに江戸城の台所方の旗本で、名を修理。親の跡を継ぐ前は、深川の女郎屋で遊んでいた男。

いずれそんな報告をされるのが、面白く思えてきた。

茶屋遊びには時刻が早いのか、二階の客は修理之亮ひとりのようである。

外に向け開け放つことのない障子や、廊下側の襖《ふすま》は、深川名物の藪《やぶ》っ蚊《か》を招き入れないためだった。

川や堀の多いこの辺りは、冬が近づいても蚊が出た。素足の女郎の脛が、蚊に食われた跡だらけだったのを思い出した。

そんな安女郎も、若い頃にはご馳走だったのだ。

「どうぞ、こちらへ」

女中が客を案内したらしく、隣の部屋が埋まった。

「今日はね、野田屋さんに楽しんでもらおうと、招待させてもらいましたよ」

「なんだか申しわけない気もするが、先刻の話は本当かい」

「まちがいないでしょうな、伊勢守さまがかなり重篤《じゅうとく》なのは確かです」

「名を出しては、聞こえてしまうじゃないか」

「まだ客は来てませんよ。なんであれ、これからは堀田備中守さまが幕府を仕切られる。江戸城御用達の看板が、この相模屋《さがみや》にまわってくればしめたもの……」

修理之亮には、思いもしなかった話になっていた。

嘘であるが、義兄の老中伊勢守正弘が危篤だというのだ。

――わたしに阿部の姓をくれた上、加増までしてくれたお方が、逝《い》ってしまうとは……。

大きな後ろ楯《だて》が失《う》せることは、修理之亮が丸裸になることを意味した。

――蒲団部屋で見た夢は、正夢。となれば、瀧山さまも裏切る。残るは、新門一家のみに。

珍しく算盤《そろばん》勘定をした修理之亮は、城中で詰め腹を切らされるのを避けたくなってきた。

老中首座の備中守と大奥御年寄の瀧山が手を組めば、阿部伊勢守がいなくなったとたん、あらゆることの責めを修理之亮が負うことになろう。

「修理なる新参の御広敷役が、上様の御台盧《ごたいりょ》を軽んじ、勝手なことを致したか」

「さよう。御典医《ごてんい》の助手と自ら名乗り、奥向《おくむき》に入って参りましたのです」

「切腹であろうな」

「城中に血を見ることはなりませぬゆえ、御錠口より招き入れ、一服盛りましてご覧にいれましょう」

「なるほど。台所方であった修理之亮とのよし。御台所さまへ毒をもたらそうとしたのを未然に防いだと致せば、亡き伊勢どのの面目も立とうぞ……」

筋書きは出来上がっているにちがいなく、伊勢守の死を待つだけになっているのだ。

――向後《こうご》は奥向よりもたらされる膳に、手を付けぬほうがいいか。

悪党は城中の上層にもいたと、修理之亮は武者ぶるいをした。

隣が騒がしくなり、芸者たちが入ってくるのが分かった。茶屋そのものが陽気になってくるのに、修理之亮ひとり腹が立ってきた。

江戸城という将棋盤の一つの駒にすぎない自分と比べ、盤外にある町人の能天気ぶりを怒鳴りつけてやろうと立ち上がったとき、廊下から女の声がした。

「こんばんわ」

襖が半尺ばかり開き、地味な着物の芸者が顔を覗かせた。

修理之亮が首を傾《かし》げると、芸者は伏し目がちに両手を揃えて、付けたばかりとおぼしき紅《べに》の口を開いた。

「こちらの番頭さんより二階の鶴ノ間《ま》へとうかがい、参りました」

鄙《ひな》にはまれなとのことば以上の、汚れた中に清楚を見るほどの女が顔を向けてきた。

「――――」

一瞬、広敷に出向いてくる奥女中かと、修理之亮は目をこすったほどである。

「出たての売れっこ芸者とは、そなたであったか」

「お戯《たわむ》れでございますか」

笑うことなく言い返され、芸者には珍しい堅さのあることにおどろいた。

「敷居ごしでは遠いゆえ、中へ入ってくれぬか」

「はい……」

侍がひとりと見た芸者は、心なしか気を引き締めた顔で入ってきた。

二十二、三の年増《としま》だろうが、手の付いてなさそうな無垢《むく》にも思えた。

「つかぬことを訊《き》くが、そなた武家の娘であろう」

「申し上げるつもりはございません」

ことばつきだけでなく、仕種《しぐさ》や所作に目つきまでが、武家育ちを見せた。

「名はなんと申す」

「小龍《こりゅう》、小さな龍と書きましてございます」

「雲を突き抜け、天まで駆けるか」

「手枷《かせ》足枷の身では、どこへも」

打てば響くほどのことばのやり取りが、なんとも頼もしい女だった。

気が強いと言えばそのとおりなのだろうが、決して崩れそうにない大人びた品格が見え隠れするところに、美しい凄味が加わっていた。

大奥にいてよさそうな、それでいながら新門辰五郎に似た気《き》っ風《ぷ》があるゆえ、町の女にも通じるようだ。

今までお目に掛かったことのない女に、修理之亮はことばを継げずに黙ってしまった。

まだ酒も肴《さかな》も来ていない中、これでは竹刀《しない》を手にした同士の手合わせだと、汗を見ていた。

隣では笑い声にまじって嬌声《きょうせい》も上がり、それなりの茶屋あそびがはじまっている。この部屋と、なんとちがうことだろう。

芸者であれば座を賑わせようと意味のない話をはじめるものだが、背すじを伸ばしたまま身動《みじろ》ぎひとつしない小龍に、立ち合う前から負けそうだった。

が、女に音《ね》を上げるわけにはいかない。御広敷役として大奥と交渉をする修理之亮は、女というものの本体を知り、対応できなければならないのだ。

たとえ堀田備中守と瀧山に仕掛けられた身であったとしても、男とは異なる生きものを少しでも確かめ、死ぬ前に誰かへ伝えたいと考えた。

「小龍は、博多人形を見るようである」

「四度ばかり、そう言われたことがございます」

口をほころばせることなく、言い返された。

「嬉しくはないようだ」

「はい。生きておらぬ人形にすぎないと、遠ざけられている気がいたします」

はありませぬ」
「きれいとか美しいとか、さような値踏みは殿方の勝手な思い。女は、売り物で
「美しいと褒められたとは思わぬか」

「―――」

歯が立たない。ご説もっともと、頭を下げそうになった。

「修理の旦那、入《へえ》りやすよ」

気まずいところに救いの神、亥太郎があらわれてくれた。襖《ふすま》を開き、酒の膳を運び入れた番頭が笑っている。

「いけませんでしょう。通夜の席だって、しんみりとした中で労《いたわ》りあうことばが
あるもんです。旦那、小龍姐さんに負けましたか」

「あぁ、負けた。負けたよ、完敗だ。亥の字、深川一の芸者をと申したが、これ
は女ではなく置き物だ」

「置き物の人形にしたのは、旦那じゃござんせんか？　もう昔とはちがうんです。

客が芸者を乗せていい気分にさせ、そこから遊びにするんです。黒船到来の時世《ときよ》
に、なったんですぜ……」

伊豆下田に公館を構えた米人ハリスは、なにごとにも女を優先するところから

はじめる。男と女が上手くやって行くための大切な前提らしいと、玄太郎は聞いてきた話をした。

「茶屋に上がった客が、女芸者をいい気分にさせると申すのなら、おれは博多人形のようだと褒めた――」

「言っただけで終《し》まいじゃありませんかね、修理さん」

「まぁな」

「肝心なのはその次でして、透き通った肌を保つにはどうしているかとか、さぞや母御《ははご》も美しいのであろうと言えば、姐《ねえ》さんだって答えざるを得ませんでしょうに」

「しかしな、糠袋《ぬかぶくろ》ひとつ使ってません。母は幼い頃に亡くなってますと答えられたら、どう致す」

「拙者《せっしゃ》が次に参った折、評判の糠袋を買って来てやろう。母代わりとなった者は、やさしかったかとつなげばよろしいじゃねえですか」

「亥太郎、成長したなぁ」

「一方の修理さんは、御城の台所方で無言の行をつづけていらっしゃる。口を開いても、叱られているんでしたっけ」

「うむ。坐禅を組んでおるような御役《おやく》に、ことばの進歩はないよ」

岡場所の深川で、修理之亮は一つ学んだ。

なれば早速実践をと、盃《さかずき》を取って小龍に差出した修理之亮は口を開いた。

「そなたの酌、その手つきを拝見致したい。博多人形は、動かぬからな」

「旦那ぁ、そう高飛車なのもどうかと思いますけどね。まぁ無言よりいいかな」

番頭に呆《あき》れられた。しかし、芸者は銚子を取ると、進み出てきた。

「おひとつ」

手つきが様になっているのだが、指先が微《かす》かにふるえていたのを、注がれた酒の表面が波紋をつくるので分かった。

「怖いか」

「いえ、その……」

芸者はことばを詰まらせながら、亥太郎のほうを横目で見た。

——ふたりができているとは思えぬが、あり得ぬこともないか。

武家あがりの女芸者と、岡場所の男衆から番頭になった男。ひと昔前までは考えられないことだが、時世は変わったのだ。

おれが妬《や》くものでもないと亥太郎を見込んだが、好きあう素ぶりは見られなかった。

「修理さん、じゃねえや修理さま。そろそろお客の立て込む時刻ゆえ、あとはごゆっくり」

亥太郎が出てしまい、二人きりとなった。襖の閉めようが良くないのか、小龍は一旦開けると廊下の左右を確めた上で閉めた。

「御城へ、毎日ご登城でございますか」

「いかにも」

女の目が鋭くなり、なにやら曰《いわ》くありそうな顔が真剣味を帯びてきた。迫ってくるとは、思えない。しかし、小龍の目は仇討《あだう》ちをする者のそれだった。

「さように固くならず、一口呑んで話を聞こう」

修理之亮は手にしていた盃を、女の手に取らせた。銚子を差向けると、両手で盃を受け、一気に干した。

いける口かと見たが、気合を入れるつもりで呑んだと分かったのは、苦そうな顔をしたからである。

「申せ、そなたの思うところ。口外せぬゆえ、正直に」

「お侍さまを市井《しせい》に通じるくだけたお方と信じ、申し上げます……」

小龍はやはり、武家それも幕府御家人の娘だった。

父は去年の暮に身罷《みまか》ったが、跡を継ぐ嫡男はいなかった。ふつう長女である小龍へ婿《むこ》を取らせるのだが、あまりに酷《ひど》い男に見合わされたので蹴ったという。

「なるほど小龍姐さんなら、断わっちまうだろうな」

「小龍は芸者名、本名は龍《たつ》と申します」

「家は廃絶か」

「いいえ。父には五十五両の借銭《しゃくせん》があり、とうに御家人株を担保にしていたのでございます」

「お父上の役向きは」

「無役の小普請《こぶしん》でした」

ありがちな話に、うなずくしかなかった。

「ということは町人の高利貸が、婿の世話をして参ったわけだ」

「はい。株は向こうの手に渡ってしまったのですから、わたくしどもは家を追われました」

「わたくしどもというと、妹たちがおってか」

「十六になる妹が一人。母はなく、使用人もおりません」

「すると妹を助けんがため、姉のそなたが芸者づとめになったか」

「ちがうのです。妹は高利貸の手によって、連れ去られたのでございます」

「いずこへ」

「御城の、大奥へ」

「………」

めでたい話ではないかと返すのが、昨日までの答えようだろう。しかし、大奥の内情を知る修理之亮は、口を閉じてしまった。

顔をしかめ眉《まゆ》を尖らせた修理之亮に、小龍は言い迫った。

「大奥は伏魔殿《ふくまでん》、地獄ほどのところと耳にいたしました。十六の妹を、救い出したいのです」

「──。妹御の名は」

「有衣《うい》と申します」

広敷の旗本と言い出せない修理之亮は、聞くだけだが訊《き》いておこうと答えた。

小龍からの返盃をいつもなら舐めまわしたいところだが、この晩ばかりは苦い薬を飲むような心もちで干した。

──さて、どうしたものか……。

新参の御広敷役、それも仕掛けられている木偶《でく》人形の旗本に、手に余る用件ばかりが重なってしまった。

人並以上に丈夫だと思っていた歯が、急に疼《うず》きはじめた。

# 四之章　後楯《うしろだて》の死

## 一

修理之亮《しゅりのすけ》には二年前の記憶が、今も鮮明に残っている。

断片でしかないものの、目にうかぶ光景は細かいところまで幾つもあった。

火の手が上がりはじめ、人々が声を上げていた。

「うわっ、あ……」

叫びたくても、大きな声が出せないのだ。

夜中の四ツ刻ころで、修理之亮の暮らす番町《ばんちょう》の屋敷街周辺は街灯りも遠く、ほぼ真っ暗といってよかった。

その前年あたりから地震が各地にあり、城下が半壊したらしいとの報告が江戸にもたらされていた。

「鯰《なまず》も、公方さまのお膝元にまでは来られめぇ」

なにごとも軽口で済ませたがる江戸っ子は、暢気《のんき》だったのである。

ドドン。

よく言うところの、グラッではない。地べたの底にいる大鯰が、暴れたとしか思いようがなかった。

揺れるなんてものではなく、胴上げをされているような煽《あお》られ方であれば、身体《からだ》は跳ねた。

床の中にあった修理之亮だが、起きようにも起きられず、動く蒲団にしがみつくばかりとなっていた。

なんとなく揺れが収まり、父母《ちちはは》の部屋に駈けつけ、無事であることを確かめて外へ出た。

近隣の旗本邸からも、下僕や家臣らが出て揺れの大きかったことを言いあっていた。

その中の一人、あとから出て来た女中が火の手を指さし、「あぁっ、あっ」と、声を上げたのである。

火事をなにより怖れるのは、地震以上だ。江戸の火事が名物なのは、一つ火の手を見ると限りなく拡がるからだった。

なにより狭いところに、百万からの人が住んでいること。とりわけ冬の北風は強く、軒《のき》を並べる長屋は延焼しやすい。そして江戸っ子の執着心の薄さが、火事を大きくしてしまう原因とされていた。

「今夜はもう、寝ちまおうや。おまえたち、戸締りだけはしっかりな」

「へぇい」

番頭に命じられた小僧は、表の大戸をしっかり閉め、台所の勝手口に心張棒《しんばりぼう》を掛ける。

その台所には〝火廼用心《ひのようじん》〟の札が貼ってあるが、気にも止めない。

これが上方《かみがた》の商家だと、番頭は丁稚《でっち》のあとについて小言を垂れるのだ。

「定吉《さだきち》。おまえは貼り札の文字が読めへんのか。当家から火でも出して見なはれ、市中引廻しの上、獄門やで」

大坂と江戸のちがいだった。

もちろん火の手を見てしまった限り、誰しもが声を上げるのは当たりまえなのは言うまでもない。

しかし、大地震の直後に見る火は、とてつもない恐怖をもたらした。

火の始末の手ちがいをした一軒から起きたものではなく、どの家からも火が上がりそうなことは、誰もが考えた。

ふるえながら声を上げた女中は、おのが奉公先の邸へ戻り、火の元を確かめに行く。

修理之亮も自邸へ戻ると、火鉢《ひばち》のある部屋や燭台《しょくだい》などを見て廻った。

「大丈夫だ」

自ら言い聞かせると、もう一度表に出た。

「もう夜が明けたか……」

東の空が薄っすらと染まっていたので、一瞬つぶやいたが、色がちがった。

邸《やしき》の塀《へい》や庭木に遮《さえぎ》られて、遠くを見渡すことはできない。それでも御城の櫓《やぐら》ごしに、神田あたりが火の手に包まれるのを見た。

「江戸じゅうが焼けますですよ。修理さま」

下男の六助《ろくすけ》の断言に、うなずくしかなかった。

戦《いく》さとは異なる闘いが、今からはじまる。三十六計、逃げるほかなし。といって、どこへ行けばいいのだ。

「まずお位牌《いはい》をはじめ、拝領したお品を」

六助は邸へ取って返したが、修理之亮は二百二十石の家にある物など高《たか》が知れているると、風向きを見ながら避難先を考えた。

番町の屋敷街では、家によって対応がまちまちだった。

「急げ。御城に飛び火せぬよう。また、ご老中がたの御機嫌うかがいに駈けつけなくてはならぬっ」

馬に乗った老旗本が陣笠を斜めに被ったまま、馬の轡《くつわ》を取る者を怒鳴っていた。

「よいか。離ればなれとなった折に落ちあう先は、所領の地ぞ」

「蔵に目張りを忘れるでないっ。先祖代々の賜《たまわ》り物こそ、わが家《いえ》の宝。死んでも、守り通せ」

大身《たいしん》の旗本の言い様は、修理之亮の口をあんぐりとさせた。そこではじめて、われに返ることが叶った。

——物なんぞ焼けてもいい。この大変事を生き延びられたなら、一から出直すのだ。

幸いと言えるかどうか、大火事に見舞われたのは川向こうで、江戸全体が火の海とならずにおさまったのである。死者およそ六千、倒壊家屋一万数千で済んだというべきだろう。

もっとも、不夜城とされた吉原の遊廓が崩落したことだけは、誰もが目を剝《む》いた。

「悪所と言われるだけあって、天もこの際とばかりに潰《つぶ》しちまったのかぁ」

「ほんとになぁ。大火事でも焼け死ぬ者が少ないはずの吉原で、それも女たちが大勢死んじまったそうだぜ」

「神も仏もねえとは、このことだ。親のため身を沈めた苦界《くがい》で、若いというのによ……」

男ばかりか女たちまでが、気の毒がった。

「お女郎さん方は、成仏《じようぶつ》できたのかしら」

「火の中で熱い思いをするより、ドシャッと崩れたのならいいかもね」

「なんにせよ、死ぬまでいい思いをしたことなんぞなかったろうに……。なんまいだ、々」

地震騒ぎが収まって登城した修理之亮は、小石川の水戸徳川家上屋敷が押し潰されたと聞かされた。

「どうしたものか、地盤が弱かったのだろうが、かなり崩壊したそうな。火は出さずに済んだものの、副将軍斉昭《なりあき》さまの懐刀《ふところがたな》藤田東湖《とうこ》どのが梁《はり》の下敷きとなり亡くなられた」
「藤田どのとは」
「なにも知らんのだな、おぬしは。水戸学と申して、尊王を柱とする学問の師で
攘夷を声高《こわだか》に謳ってある」
「尊王を、水戸家がですか」
「うむ。御三家とは申せ、水戸家は国学を第一と致すがゆえ、京都の帝《みかど》を立てて
おる。その大黒柱が、いなくなってはの……」
政《まつり》ごとに無関心でいた修理之亮にとって、水戸徳川家の理論支柱だった東湖の
死が、幕政に興味を覚える切っかけになった。
が、江戸市中では、黛《まゆずみ》人形と呼ぶ見世物《みせもの》が人気を見ていた。
黛とは源氏名で、吉原の大見世佐野槌《さのづち》の花魁《おいらん》だった。有難いことに崩落で命を
落とすことなく仮宅で客を取っていたが、なんと自腹を切って三十両もの銭を市
中炊き出しに寄付したのである。
北町奉行も感心し、褒美を取らせた。
この花魁を擬した人形の見世物を、江戸っ子が評判にしないはずはなかった。
大地震も、名物の江戸大火ほど死びとを見ずに済んだ。と言ってしまえば、身

も蓋《ふた》もなかろうが、将軍家定も大輿の吹上庭《ふきあげてい》に避難し事なきを得ていた。

この二年前の大変事がもたらせたことが、実は見えないところに幾つもあったのである。

二

深川の芸者小龍《こりゅう》の妹有衣《うい》が、伏魔殿《ふくまでん》とされる大奥に貢《みつ》ぎ物とされてしまったのは、二年前の地震ゆえだった。

「家が壊れたことで、借銭《しゃくせん》の返済が滞《とどこお》りましたのです」

地震さえなかったなら、どうにかなったにちがいあるまい。

老中の阿部伊勢守《いせのかみ》が大奥の粛清《しゅくせい》を頼んできたのも、江戸復興に厖大《ぼうだい》な経費がかかっていたからである。

浅草の俠客《きょうかく》、新門辰五郎《しんもんたつごろう》が鬼退治と称して助っ人を依頼してきたのも、大地震によって酷《ひど》い目に遭った者たちに付け込んでボロ儲けをした悪徳商人や役人どもがいるからだ。

御広敷役《おひろしきやく》となった修理之亮には、無理としか思えない三つの難題が持ち込まれていた。

深川の茶屋を出て辻駕籠《つじかご》に乗りながら、そんなこの二年余を考えた。

修理之亮にしてみれば、今は驚天動地の出世であり、御城本丸の大奥への侵入だった。

ふつうに思えば、誉であり幸甚《こうじん》の極みだろう。

誇るつもりなど更々ない修理之亮であるが、そうした難題を課せられたことは親たちさえ知らないのだ。

明日から、城中宿直《とのい》をするつもりでいた。そこにいる限り、斬りつけられても毒を盛られても、大義名分は立つ。

——あとは鯰《なまず》が暴れたことで貧乏籤《くじ》を引いてしまった者の、一人でも助けられるなら……。

「お侍さまのお邸《やしき》は、この辺りでございましょうか」

駕籠舁の声で、われに返った。

六月の夕暮どき、まだ食事も摂っていないことに気づいた。といって町人街の麹町《こうじまち》へ戻ったところで、大身となった旗本が入れる店のない修理之亮である。

——わが家の粗餐《そさん》だな、今日は。

「ここでよい」

旗本邸に辻駕籠で乗りつけるのもと、修理之亮は下りた。酒手《さかて》を払うつもりでいるところに、下男の六助が駈けつけてきた。

「旦那さまでしたか、あちらこちらを探しておりましたのです」

「なにか、あったのか」

「ご老中阿部伊勢守さま上屋敷よりお使者が参られ、急ぎ阿部家屋敷へとのことにございます」

「伊勢守さまのところへと」

「はい。この駕籠のまま」

「分かった」

武家屋敷街では、辻駕籠を拾えない。いい塩梅《あんばい》になったと、ふたたび乗り込んだ。

羽織袴《はおりはかま》でいたのも幸いし、礼を欠くこともなかろうとは思えたが、駕籠舁《かき》の褌《ふんどし》姿だけが気になった。

「いっこうに粛清が進まぬようだが」

老中に言われることばは、これだろう。

こちらが答えられるのは、ひと言である。

「いまだ広敷と大奥の、西も東も分からぬ身なれば、今しばらく」

「左様な理屈、聞きとうない。そなたは奥向へ、一度は足を踏み入れたはず」

「しかしながら、見るもの聞くもの雷に打たれるがごとしでございましたれば、口から出ることばもしどろもどろ――」

「女に弱い、とは聞いておらぬ。女《お》なごを手玉に取れる男、であったはずぞ。修理」

「されど相手が龍宮城の乙姫でありましたゆえ、この浦島《うらしま》修理之亮――」

「ええい、問答無用。三日が内に大奥の粛清に、目鼻をつけいっ」

叱られるのは、目に見えていた。

――そうか。辰五郎の言っておった悪人を叩き、芋《いも》づる式に大奥御用商の看板を取り上げたなら、出銭は押えられることに……。

「へい。阿部伊勢守さまのお屋敷は、こちらではございませんか。家紋が、違鷹《ちがいたか》羽《のは》になってます」

「ご苦労であった。ここでよい」

千二百石の旗本で、仮にも老中の弟とされている者が、町駕籠で乗りつけたとあっては聞こえが悪かろう。酒代をはずんで早々に駕籠を帰した修理之亮は、木戸口に立った。

「頼もう。伊勢守さまより使者を受けし阿部修理之亮、参上致してござるっ」

「た、只今、すぐに開けましてございます」

声が返り開いたのは木戸口ではなく、表門となる大きな屋根をもつ屋敷門のほうだった。

左右の扉が半分ほど観音に開き、修理之亮を招き入れた。

玄関口までの石はほぼ平らで、間断なく敷かれてある。門番のもつ提灯が、塵《ちり》ひとつない庭を見せていた。

「お待ち申しておりました」

表玄関で頭を下げた侍の姿を見て、修理之亮は青くなった。

着物も袴も、白装束《しろしょうぞく》なのである。

「これは」

「従四位下《じゅしいのげ》伊勢守正弘、身罷《みまか》りましてございます。まずは仏間へ」

「……………」

噂ではなく重篤な病《やまい》は、本当だったのだ。

　上屋敷じゅうが、沈みきっていた。

　廊下を進んでゆく。抹香《まっこう》が強く匂ってくると、夏にもかかわらず自分の手足が冷たくなってくるのが分かった。

　もう後楯《うしろだて》となってくれる人は亡くなり、泥沼に浮く水草同様の身の上になった修理之亮である。

　世に言う三日天下ならぬ、三日出世だったのだ。

「あちらへ」

　小姓頭《がしら》とおぼしき色白で細身の家臣が、長い廊下を掌《てのひら》で指した。

　先がどこまでつづくものか、見当のつかない長さである。修理之亮が大名屋敷を訪《おとな》うのははじめてだった。

　番町の自邸とは比べものにならない広さが、備後福山十一万石の貫目なのだろう。廊下の中ほどでは、別の家臣が待っていた。

　導かれるまま右に折れ、また進む。家臣の手にする燭台《しょくだい》の明るさもまた、十分すぎるほど辺りを照らしてくる。

　御城と見紛《みまご》うほど豪勢な唐紙《からかみ》と、柾目《まさめ》の通った床板には傷あともなかった。

　――しまった。替えの足袋《たび》を。

他家へ訪問のときは、履き替えるのが礼儀なのだ。

深川辺りを歩いてきた修理之亮の足元は、泥で汚れていた。

「どうぞ、こちらに」

仏間だろう。四方に蠟燭《ろうそく》が立つ中に、阿部正弘の亡骸《なきがら》は横たわっていた。

顔の上は白い布。病に倒れたのであれば、見せたくもなかろう。

北向きに頭があり、枕屏風《まくらびょうぶ》が逆さに立てられ、胸の上には白鞘《しろざや》の短刀が載っている。

修理之亮は敷居を跨ぐとすぐ、その場に正座した。

「修理之亮どの、仏の近くへ」

「いえ。替え足袋もなく、駈けつけただけにございますれば――」

「当然のこと。取るものも取りあえずが、通夜の決まり。ましてや貴殿は、仏の弟御ではありませぬか」

弟。そうなのだ。腹ちがいの弟と、されている修理之亮なのである。

阿部家の留守居役《るすいやく》なのか、髪の白い初老の家臣に言われるまま、亡骸の側に躙《にじ》り寄った。

「お顔を」

白い布が取られると、伊勢守の寝顔としか思えない面《おもて》があらわれた。一度しか会っていないにもかかわらず、なぜか懐《なつか》しく見入ってしまった。

「まことに御無念であったろうこと、お察し申します」

修理之亮は平伏《へいふく》しながら、ひと言だけ掛けた。

ふたたび白い布が被せられると、そこに正室と世子がいたことにようやく気づき、そこへも頭を下げた。

世子を見たところ、頼りなげな気がした。

正弘の鷹揚《おうよう》さとは正反対の、神経質で小心そうな二十歳前の大名になるのではないか。

もっとも、修理之亮とは縁が切れるのであれば、構うことでもなかろう。二度と会うはずもないのだ。

「では、これにて」

改めて仏に一礼をし、修理之亮は部屋を出た。

「しばし、お待ちねがいたく存じます。こちらへ」

初老の家臣に、別室へといざなわれた。

精進落《しょうじんお》としをするのかと、腹が空いている修理之亮は少し摘《つま》んで帰るつもりになった。

が、部屋にはなんの仕度もなく、後ろ手に襖《ふすま》を閉めた家臣は修理之亮と対座した。

「福山藩江戸留守居、大野孫兵衛《まごべえ》と申す。以後、懇意に」

懇意にではなく、二度と出入りしてくれるなではないかと思えた。

「はぁ。用向きは、阿部の姓を返上せよと」

「なにを申されます。修理之亮どのは、上様にも認められた弟御。返上など、とんでもない。むろん、わが殿が策をもってねがったものとは、拙者《せっしゃ》ども重立《おもだ》った家臣は知っております」

「しかし、これでも旗本の身なれば、福山藩のためになることなど、わたくしにはできかねます」

「福山藩のと申されるが、わが殿は一度として譜代十一万石のことを思って働いたことはござらぬ」

「なにゆえにございましょうか」

「殿は先代藩主の末弟。それも急きょ決まったばかりか、若くして老中に列しました。それも一年余で首座に。ご承知のとおり黒船来航のときに重なるのは、幕閣お歴々による筆頭職の押しつけでござった。それでも老中職を、まっとうしたのです……」

一大名としてより、国の総代として身体を張って働いた末、異国と条約を結び、港の幾つかを開いた結果をみたのですと、留守居役は言い切った。

その目が潤んでいるのを、修理之亮は見つづけていた。

「酷使なされておられたこと、一旗本として頭の下がる思いです」

「有難きおことば、恐縮にござる。さて、貴殿にお越しいただいたには、わけがございましてな」

孫兵衛は相好《そうごう》をくずし、修理之亮に言い寄った。

「わが殿の依頼、忘れてはおりませぬよな」

「大奥を粛清せよ。いまだ耳にこびり付いております」

「結構。ただし、明日より藩主となる正教《まさのり》さまはいまだ若輩であり、老中でも寺社奉行でもござらぬ。すなわち、当福山藩と貴殿の関わりは失《う》せると思《おぼ》し召しねがいたい」

「元より頼るつもりもござらぬが、縁を切ったほうが――」

「なりません。千二百石の禄米はお出し致しますが、御広敷での役目を手助けできかねるのです。ただし万が一の折、逃げてこられる場所の用意はさせていただきましょう」

下屋敷なり中屋敷は、阿部修理之亮の名で入れるようにしておくと言ってくれた。

「その広敷での御役《おやく》ですが――」

「念には及びませぬ、今のままおつづけねがいます。今後一切は御年寄瀧山《たきやま》さまが差配なさるとのこと、老中首座の堀田備中《びっちゅう》どのとて口出しはできぬはず。なにを措《お》いても亡き殿の画龍点睛《がりょうてんせい》を、貴殿の手にて」

孫兵衛は修理之亮に両手をついて、平伏しつづけた。

阿部正弘の改革の仕上げは大奥粛清であり、財政の縮小と女たちの解放が柱になっていることが、改めて身に沁みてきた。

上屋敷を出たときはもう、月がかなり上のほうにあった。

町木戸が、閉まっているだろう。そぞろ歩くのは夏ゆえ心地よいものの、大名小路と呼ばれる江戸城の周辺は、野良犬一匹も通らない森閑を見せていた。

どの上屋敷も広大で、塀《へい》は一直線。ところどころに松がかたちよい枝ぶりで植わっているほか、なにもない。

角まで来ると常夜燈《じょうやとう》がポツンと灯《あか》りを点《とも》し、その先は御城の堀。

駕籠を出しましょうというのを、修理之亮は断わった。一人になりたかったからである。

国表《くにおもて》の藩政より、日本という六十余州の幕政を立て直さんと奮励《ふんれい》しつづけた阿部正弘。

「おれは、その弟だ」

修理之亮はつぶやいた。

ガサガサ。

餌もないところに野良犬かと、音のしたほうを見込んだ。

月灯りが映し出したのは、堀の土手から這い上がってきた熊かと思うほどの人影だった。

「待ちくたびれたぞ、阿部修理之亮」

「どなたか」

「ふっ。旗本が、譜代とはいえ大名の上屋敷に出入りする。天下のご法度《はっと》であろうが」

「左様かもしれぬ。お恐れながらと訴える先は、若年寄さまか……」

異様なまでの殺気が、修理之亮の肌にヒシヒシと伝わってきた。

「ハ、ハハッ。訴えるなど面倒ゆえ、ここで倒れていただく」

「闇討ちを卑怯なりとは、この期《ご》に及んで申さぬながら、せめて名を申せ。あるいはそなたらを操《あやつ》る者の名を」

「明かすつもりはない。どこに門番らの耳があるやもしれぬのでな」

「操られること、恥ずかしくはないか」

「なんの。おぬしを始末いたせば、仕官が叶う」

熊ほどの大兵《だいひょう》が、鞘を払った。今ひとりも同様に抜き身を光らせると、修理之亮の背後でも別の二人が鞘を払う音をさせた。

わずかな月明かりの下に、敵が四名。吉原土手にいた与太者《よたもの》とはちがい、厄介な相手にちがいなかった。

ましてや修理之亮と知った上での狼藉《ろうぜき》であり、阿部家上屋敷にいたことまで分かっていたのだ。

背後にいるのは、伊勢守を快《こころよ》く思っていなかった幕閣にある者、それとも大奥の誰か、あるいは福山藩の重臣がとも考えた。

今の修理之亮にとって、誰が敵であってもおかしくない上、あらゆる不始末の責めを負わせるには打って付けな者なのだ。

医者でもない旗本が大奥へ、岡場所なんぞに出入りする幕臣、血のつながりもないのに大名の弟と偽《いつわ》った者……。

これらを不始末の張本人に仕立てさえすれば、大方の片は付くことにちがいなかろう。

修理之亮は羽織を、肩からすべり落とした。左手で切った鯉口《こいくち》、少しずつ身を沈めていった。

動きは静謐《せいひつ》に帰したが、胸の内は熱く燃えはじめた。

――仕官ごときで人を殺《あや》めるなんぞと、思い上がるなっ。

ここで死ぬのは、嬉しくない。生まれてこの方、なに一つ世の中に貢献をしていない修理之亮である。

――斬って斬って、虫けらどもを一掃してやる。邪《よこし》まな屑《くず》など、生きる価値はないっ。

胸の内で吠えた修理之亮は、自ら足を踏み出した。

大きな熊をめがけ、沈んだ身のまま斬り上げた。

シャア。

切っ先が大兵の右胸元から左耳に走り、血を吹き出させた音である。

――来たな、後ろだっ。

斬った者の傷を確かめることなく、背後からの一撃をヒラリと躱《かわ》したと同時に、まだ立っている大兵の熊を袈裟《けさ》に仕止めた。

「ウグゥッ」

獰猛《どうもう》な叫びとともに、熊は仰向《あおむ》けに倒れていった。

月光の下に二本の刃《やいば》が突き出てくるのを、目の端が捉えた。

ガキッ。

一本のみ横に薙《な》ぎ払い、もう一本は躱したつもりだったが、袴の股立《ももだち》を破られた。

シュルッ。

仙台平《ひら》の袴が裂け、腿《もも》に痛みが走った。

――この野郎。

江戸っ子剣法は、怒りからはじまるのだ。なに糞の意地が、上達の鍵なのである。

この場に及んで上達もなかろうが、気合いは増した。

修理之亮はふり向きざま、袴を破った相手を上段からの一撃で潰した。

ガッ。

頭蓋骨《ずがいこつ》が割れる音は、気分のいいものではない。

あと二人かと動きまわったのは、敵を攪乱《かくらん》するためだ。

ドシン。

突いた刀を薙ぎ払われた男が、腰に組みついてきた。

——えぇい。浪人者は脇差を持たぬか。

左手で自分の脇差をつかんだ修理之亮は、ひと思いに相手の背に刺し通した。

グシャリ。

這いつくばったのを足蹴にすると、残る一人を目で追った。

大兵の熊の横にいた者で、ひと太刀も打ち込んでいないはずである。

逃げたかと目を凝らした刹那《せつな》、風を切ってくる音を耳が捉えた。

避ける稽古をした憶えはないが、飛んできた物を躱せたのは張りつめていた勘にちがいない。

トン。

塀の脇に立つ松の幹に、それは刺さった。

――手裏剣……。伊賀者か。

そういえばと思い出すことはあったが、ここで倒した三名は伊賀の連中が用いる剣術ではなかった。

が、音もなく手裏剣を放った者は、失せていた。

堀の土手伝いに、走っていったのだろう。腿に傷を受けた修理之亮には、追えなかった。

――浪人者に、伊賀者が加わっていた。

どうやら背後で操っているのは、一人ではないようである。

倒れた三人はみな、息がなかった。

大名小路の屋敷からは一人も出て来ないまま、朝を迎えた。見ていたのは、中天にかかる月ぐらいなものだろう。

日の出とともに江戸城へ行き、三名を手に掛けたと告げなければならないのだ。

「城中にあらずとも、大名小路にて刃傷《にんじょう》を働きしこと赦《ゆる》しがたし。よって、入牢《じゅろう》申しつける」

小伝馬町《こでんまちょう》の牢屋敷に引かれ、裁可が下りるまで揚《あが》り屋に押し込められるだろう。

——それとも私闘とされ、謹慎百日か石高半減で済むか。

いずれにしても、背後にいる人物が確定されないまま闇に葬《ほうむ》られるに決まっていた。

阿部伊勢守正弘のいなくなった今、修理之亮に手を差し延べる者はいなくなったのである。

新しい改革は、ここで頓挫したのだ。

東の空が明んで日輪が顔を出そうとする様が、なんとも疎《うと》ましく見えてならなかった。

三

堀を渡れば、江戸城坂下御門《さかしたごもん》。開門と同時に、当日の番士に死びとの処理を頼んだ。

「大名小路に死びとが、三名……。まことでございますか」

「いかにも」

「盗《ぬす》っ人《と》、それとも行倒れの病人とかで」

「浪人者である。拙者が、斬り捨てた」

「しっ、しばらくお待ちを」

番士は番頭に伝え、指示を仰ぐべく走って行った。

将軍を護衛する番士ともあろう者でさえ、斬殺された者を目にしていない当今である。町方同心のほうが、当今は気強いのである。

なんであれ大きな騒動になりそうなのは確かなようだと、修理之亮は肚《はら》を括《くく》ることにした。

城中へ走った番士が戻ってくると、似たような幕臣が三人もついてきたので笑った。

「な、なにを笑っておられるので。し、死びと、それも斬られた者が三名もあるというのに……。て、冗談《てんごう》でございますか」

「であるなら、どんなに良いか。阿部伊勢守さまの上屋敷近くだ。行って参れ」

「あなた様はここに。まもなく番頭が参りますゆえ、仔細《しさい》を」

「吐くでないぞ、血だらけの死びとの上に」

大名小路へ向かう番士へ、酷《むご》たらしい斬殺体を見て狼狽《うろた》えるなよと忠告をした。

川に浮かんだ土左衛門《どざえもん》さえ、目にしていないであろう御城の番士なのだ。

すぐに番士の上役となる番頭が、眉を逆立ててあらわれた。

「三名を、大名小路にて斬り捨てたとはまことでござるか」

「いかにも」

「何者でござったか」

「まったく見当もつかぬ奴らで、いきなり襲いかかって参った」

「御広敷役の阿部どのと知った上ではなく、別の者とまちがえて——」

「いや、わたしの姓と名までを口にしたゆえ、人ちがいではなかろう。が、人を手に掛けたゆえ拙者への処断は覚悟の上。どこへなりとも、同道致す」

修理之亮は大小を外し、番頭に差出した。

「お預り致す。されど此度《こたび》のこと、われら番士には手に余るゆえ若年寄さま直々《じきじき》の査問となり申した。こちらへ」

大小を従ってきた番士に渡し、番頭は修理之亮を城中へいざなった。

陽が昇りはじめて周囲が明るくなると、白足袋が泥だらけになっていることに気づいた。

「あ、血か」

泥に見えたのは返り血と腿《もも》を刺された傷からの出血で、赤黒くなっていたばかりか、着物も袴《はかま》も同様に酷《ひど》かったのである。

「これではとても――」

「替えの仕度は幾らでもござるゆえ、脇玄関にてお着替えを」

城中を汚さずに済むかと安堵したとたん、腿の傷口が痛んだ。


朝一番というのに、月番の若年寄はすでに登城していた。鳥居丹波守忠挙《とりいたんばのかみただひろ》、下《しも》野壬生《つけみぶ》藩主と聞かされた。

着替えて傷口を診《み》てもらった修理之亮は、案内されるまま若年寄の用部屋の前に畏《かしこ》まった。

「御台様御広敷役、阿部修理之亮まかりこしましてございます」

返事の代わりに中から襖《ふすま》が開かれ、敷居ごしに頭を下げた。

「近《ちこ》う」

丹波守のひと言を受け、片脚を引きずるように躙《にじ》った。

「災難なれば、無理をするでない」

「いいえ。傷は軽く、御典医《ごてんい》は半月ほどで元に戻ると申しておりました」

夏とはいえど、早朝の城中は陽も射さず心地よく、着替えたことも手伝って清々しい気持ちで対面ができた。

「もそっと、近う」

言われて顔を上げながら進み出ると、ひ弱そうな若年寄が脇息《きょうそく》にもたれるように坐していた。

四十半ばだろうか、修理之亮は老中の伊勢守の死に顔と重なってしまうのを否めなかった。

「小姓も出て行ったゆえ、そなたと二人きり。忌憚《きたん》なきところを、話そう」

声もかすれがちな上、弱々しい気がした。が、目の奥になんとも言い難い気迫がうかがえることに、若年寄の威厳をおぼえた。

――おれを切腹にと申し付けるなら、これも力仕事なのだ。さぁ、言ってくれ。

痛い脚を厭《いと》うことなく揃えた修理之亮は、次のことばを待った。

「伊勢守どの、さぞやご無念であったろう。わしは今朝、弔問《ちょうもん》に参るつもりで早く登城した。そこへ、そなたがあらわれた」

「申しわけなく、なんと申し上げればよいやら……。この上は、いかような処断をも受ける所存にございます」

「処断とな。不逞《ふてい》の者どもを斬り捨てたのが阿部修理之亮と、誰が知り得よう」

「――。しかし、坂下御門でわたくしめは申し述べました」

「わが配下の新番士どもの、聞きまちがいであろう。そなたが伊勢守どの上屋敷を出たところ、三名の斬殺体を見つけ、取るものも取りあえず報《しら》せに参った。それに違いないな」

「は……」

答えようがない。黙っていると、丹波守は小さくうなずいた。

「その上で問う。斬られた者は、どこの何者か」

「分かりかねまする」

「想いつきでよいゆえ、申してみよ」

「まず考えられるのは大奥の、わたくしを目の敵と致す一派が送った浪人ども。なぜなら、逃げ去った一名が手裏剣を放ちましたゆえ」

「伊賀者か」

「おそらくは」

「身に憶えがあるようだが」

「はい。いいえ、それは夢の中でした。この数日、あまりの激変にわけが分からなくなっていたので……」

丹波守が笑うと、修理之亮は頭の後ろに手をやった。

「が、なんであれ阿部家上屋敷周辺に賊が張り込み、そなたを狙っていたのは確か。修理之亮を弟とした一件を、恨む者があるとは思えぬか」

「考えられなくはないものの、留守居役の大野どのに、わたくしは信義を見ました。上屋敷が放った刺客《しかく》であっても闘いますが、大野どのは藩士として見事と讃《たた》えます」

「ほう。さほどに出来た留守居であったと」

「亡くなられた伊勢守さまが目指された改革の最後は、大奥粛清《しゅくせい》と――」

「しいっ。外にまで聞こえるとは思わぬが、粛清のことば滅多なところで口に出してはならぬ」

修理之亮が見る限り、丹波守は大奥粛清のひと言に顔いろ一つ変えなかった。

ということは、伊勢守と同じ考えに立っているのではないか。

うなずいただけの修理之亮に、丹波守はことばを継いだ。

「伊勢どのは上様の継室に、外様の薩摩より篤姫《あつひめ》さまを迎え入れたほど陋習《ろうしゅう》を打ち破ったお方。これも奥向《おくむき》を根底から変えようとした一手である……」

将軍家定《いえさだ》の正室は二人つづけて京都から迎えたものの、早逝《そうせい》してしまった。三人目に島津家の娘を、近衛家《このえけ》の養女として迎えていた。

去年十一月のことだった。誰もが口々に、

「いったい何を考えてのことぞ。近衛家の娘となろうが、薩摩の女であったことは誰もが知っておる」

「外様でなく、せめて譜代家であったなら認めもするが、外様の血を江戸城に持ち込もうとは……」

この春まで台所方にあった修理之亮は、中奥《なかおく》で寄るとさわるとこの話になったのを見ている。

ましてや大奥の中では、とてつもない反撥《はんぱつ》が起きたろうと、他人ごとながら聞き流していた。

阿部正弘は改革を成就させるため、大手術をはじめていたのである。

が、志《こころざし》は半ばで潰《つい》え、今は却《かえ》って混沌を見つつあった。

脇息を胸元ちかくに引き寄せた丹波守は、修理之亮をじっと覗き込んだ。そして薄い唇を開いた。

「よいか、修理之亮。大奥でいかなる争いが起きておるか、わしには知りようもない。正しく知ることのできるのは、そなたのみ。その伏魔殿《ふくまでん》をあるべきかたちに致すのが、御広敷役である。伊勢どのの志、肝《きも》に命じよ」

小声ながら、丹波守はしっかりとことばにした。

「承知致しました。この修理之亮、淀んでいる水をかき混ぜるべく身命を賭《と》すことを、誓います」

「うむ。禍《わざわい》のもとを除き、あるべき日乃本の国是《こくぜ》を明らかにするを旨とせい」

「畏《かしこ》まりましてございます」

国是のひと言が、修理之亮を奮い立たせた。

「死ぬでないぞ」

丹波守はひと言を小さく放つと、広敷へ参れと手で修理之亮を追い払った。

「三名斬殺の件は――」

「くどい。お構いなしである」

腰を折ったままの修理之亮は、後ろ向きで若年寄の用部屋をあとにした。

広い廊下に出ると、噛みしめつづけていた奥歯があごを固くしていたのを知った。

広敷に入っておのれの部屋にくると、刀掛けに大小が戻っていた。

早いうちに洗い清め、研《と》ぎに出さねばと手に取ると、修理之亮の太刀でも脇差でもなかった。

新しい広敷役がすでに入れ替わったかと首を傾《かし》げたところへ、添番《そえばん》の松本治大夫《じだゆう》が顔を出してきた。

「若年寄丹波守さまより、新刀が出来たゆえと仰《おお》せつかりました。つい今しがたのことでございます」

「昨日までの、大小は」

「こう申してはなんですが、大身となられたなれば、それなりの太刀が相応《ふさわ》しいのではと思いまする」

「左様か」

「それと朝餉《あさげ》の膳が、運ばれましてございます」

「あっ、食べ損なっておったのだ」

二食を抜いた修理之亮には、ねがってもない食事である。

運んできたのは、残念ながら奥向の女中ではなかった。新しく広敷での修行を命じられている小姓で、北村祥之進《しょうのしん》という若党だった。

まだ前髪の似合いそうな祥之進は、目鼻だちも品よく、大小を腰にしたなら重そうに見えるのではないか。

修理之亮が顔をしかめてすわると、祥之進は膳を引き頭を下げた。

「作法にあやまりがございましたなれば、やり直します」

「そうではない。腿に打ち身をくらってな」

「稽古でございますか」

「うむ。かような御役にあると、腕が鈍って仕方ない」

「講武所の稽古は、いかなるものでございましょう」

「ん、講武所なぁ。実践そのものを想定しての、実に厳しいものだ」

三年前、幕府は列国の侵入に備え、剣術だけでなく砲術や洋式調練を稽古する場として、講武所を設けた。これも阿部正弘の提案である。

去年のこと、修理之亮も入所に手を挙げた。ところが、台所方には無用と撥ねられていた。が、昨夜の闇討ちは、実践の稽古をしたことになったようだ。

朝餉には夏の味が並んでいた。焼茄子《やきなす》の胡麻《ごま》味噌に、生姜《しょうが》をおろした冷奴には紫蘇《しそ》が添えられ、胡瓜《きゆうり》の塩もみが小皿に載せられていた。

この膳に、どなた様かの心尽くしがなされていたのは、箸袋に見えた。

上等すぎる杉箸が懐紙で折った袋の中にあるのだが、そこに仮名でしと一文字あるのを見つけたからである。

修理のし、それとも奥女中しまのし。そう思いたかった。

空きっ腹に不味《まず》いものなしとはいうが、美味《うま》いものであるのであれば、お代わりを三杯もした。

「見事な食べっぷりに、感心致します。城中で召し上がる方は、たいてい二杯。それは上様がお代わりをなさらないゆえと聞いておりますが、御広敷役さまはちがいます」

「腹が空いては、戦さができんのだ」

「なるほど、静謐《せいひつ》な城中も無言の闘いなのですね」

「祥之進、本気でそう思うか」

「はい。どなた様も徒党を組み、数に頼みを置かれる方ばかり。これに銭かねを加えたなら鬼に金棒と、豪商どもに引っつこうともしております」

豪商のことばで、新門辰五郎の言っていた悪徳商人の鬼退治を思い出した。それればかりではなく、目の前の見習小姓を手元に引き入れたくなった。物事が見える若党と見たからである。

「おい、祥之進。本日はおれに従い、市中に出てみぬか」

「御広敷役さまの下命となれば、なんとでも」

「よかろう。今より浅草寺《せんそうじ》へ参るゆえ、仕度せい」

大身の旗本だと、見栄を張るのではない。町方与力より大仰《おおぎょう》な羽織袴で一人歩くのは怪しく見られてしまうのと、祥之進という男の使い勝手を知るため城の者がいないところで話してみたいからだった。

明六ツ半の市中はまだ涼しく、内桜田門から和田倉門さらには常盤橋《ときわばし》門まで人も少ないことで、話もできそうに思えた。

「そなた、幾つになった」

「十七にございます。まだ半人前と、皆さまに多くのことを教えていただいております」

「奥向ではな、十七にもなれば一人前だ。女《お》なごに敵わぬことになるぞ」

「そうですね。十七なら嫁となり、子も産めます。女は、大人なのです」

「そうは申すが、女は常に男の下とされておる」

「大人になるというのは、狡《ずる》くなることではないでしょうか」

「狡い、女が」

「女だけというわけではなく、大人が狡いのだと思います」

十七歳にして人を、それも女を見る目が備わっているらしいことに、修理之亮は舌を巻いた。

自分が同じ年ごろにあったときは、女など家の切り盛りをするのが精々で、子を産み育てるのが役目としか考えていなかった。

改めて、横を歩く祥之進を見る。目鼻だちに女らしいところがあるものの、なぜか人なつっこい愛嬌の下に、冷静な眼光が見て取れた。

身体そのものは修理之亮にとうてい及ばないが、まだ成長の途上にありそうな若木の青々しさが宿っていた。

「つかぬことを訊《たず》ねるが、そなた姉なり妹なりはあってか」

「姉はすでに嫁いでおります。ほかに女は、母のみです。父は大川沿いの御舟蔵《おふなぐら》に勤める御家人で、わたくしが見習小姓として上がっておりますのは、諸先輩方を見ておけと……」

幕臣でも藩士でも、役に就くとは親の跡を継ぐことにほかならないものだった。それが昨今は人材登用の名の下に、試《ためし》の名で出仕できるかたちが取られはじめていた。これも、阿部正弘の発案だ。

「試とはいえ、そなたが見習になるための面談そのほかは難しかったであろう」

「わたくしの得意は算盤《そろばん》、と申しても手早いのではなく、長い目で見ての損得を見つけられるようだとのことで、召し抱えてくれたようです」

「長い目での、損得？」

誰もがその場での利益勘定をするのに、一年先どころか五年先まで見据えて判断をすべきだと、祥之進は言い切ったのである。

修理之亮は唸《うな》った。

ますます気に入って、この小姓を自分の手元に置きたくなってきた。が、早計はときに買い被ってしまう。

「ところで、そなたは女や大人は狡いと申したが、悪人と申したいか」

「いいえ。悪知恵に長《た》ける者が多いと、言い換えたほうがよろしいかと思います」

「悪知恵なぁ。確かに、大人が口にすることばの半分は嘘。煽《おだ》て、持ち上げ、丸め込む。果ては焚《た》きつけて、操《あやつ》るのが大人だ」

「その好《よ》い例が、女ではないかと考えるようになったのです」

「女を知った上でか」

「阿部さまが仰《おお》せの女を知るとは、肌を合わせたかどうかでございましょうが、手のひとつ握ったこともありません」

「祥之進。その阿部さまというのを、変えてくれ」

「なれば御広敷役さまと」

「修理と申せ」

桂から阿部となったばかりか、御広敷役などあってないも同然なのである。親も台所方の上司や同僚も、昔から修理と呼んでいた。

「では修理さまへ申し上げます。わたくしが知り得る女とは、広敷へあらわれる奥女中方にほかなりません。あの方々は、たいてい胸に一物《いちもつ》を抱いてやって参ります」

出入り商人から手土産、ときには袖《そで》の下を得ようと媚《こび》を売る。大奥勤めは辛いのだと、ことさらに苦しさを演じる。それでいて、商人ばかりか自分たち若い者を下男のように扱う女が多いと、祥之進は笑いながら嘆いた。

「大した眼力だな。おれなんぞ、色目を使われただけで信じてしまうよ」

「いえ。修理さまは男ぶりがよいゆえ、本心からの恋ごころからではありませんか」

「馬鹿を申すでない。好きあったところで奥女中と出来ちまうのはご法度《はっと》と、向こうとて知ってる」

「江戸っ子ことばですね、修理さま」

「分かるか、祥之進」

「父のおる御舟蔵には、大勢の町人が出入りしておりますので。しかし、広敷におられる旗本がべらんめぇを使えるとは、思ってもみませんでした」

「おめぇと二人きりのときはだぜ。内緒だ」

笑いあったところで、常盤橋御門を渡りきっていた。

ここから浅草は丑寅《うしとら》の方角にあり、半刻《はんとき》ばかり街なかを歩くことになる。

二本差した羽織袴《はおりはかま》の侍主従であれば、話し合うなどもってのほかと、威儀を正して痛い足を進めるしかなかった。

四

「お待ち申しておりやした」

腰をかがめた新門一家の若い衆が、修理之亮をみとめると、駈け寄って丁重な挨拶で迎えてきた。

悪い気はしないが、隙のなさすぎる仕種《しぐさ》と鋭い目つきは、いい気にさせてくれるものではなかった。

すぐに辰五郎のいる居間に通され、満面の笑みで迎えられたのもまた、喜べるわけもない。

「早々のお出まし、有難く頂戴いたしまさぁ」

辰五郎は頭を下げると、神棚のある上座を修理之亮に明け渡した。

修理之亮も遠慮せず座につき、玄関口で太刀を預けた祥之進を紹介する。

「太刀持ちの、北村祥之進と申す。以後、使者として参るであろうゆえ、憶えておいてくれ」

「そりゃぁ御広敷の、それも筆頭にあらせられるお旗本ともなれば、お供はいなくちゃなりません」

「知っておるか、おれが広敷にあることを辰五郎は」

「へい。調べるのはお手のもの、とだけ申しておきましょう」

「怖いな」

「ご冗談を。町火消の頭《かしら》など、公儀《おかみ》の手に掛かりゃひと捻《ひね》り。御広敷役にあると誰より聞き知ったかと詰め寄られたら、口が裂けても申せませんとなります。なれば吐くまで石抱きの責めをとなり、を組は廃絶の憂《う》き身となりまさぁね」

「そうさせない役人と、おれのことをおまえ達は知っている。祥之進、ウカウカしていると尻《けつ》の毛羽《ケバ》まで抜いちまうてぇ俠客《きょうかく》の大立物《おおだてもの》が、この男だ」

言われた辰五郎は笑い、祥之進は膝を乗り出して口を開いた。

「名は存じておりましたが、どこから見ても好々爺《こうこうや》。それが御広敷役にまで取り入っていたとは、おどろくばかりです」

「祥之進。おれ以外にも、新門が抱え込んでいる幕臣がいるのか」

「はい。蘭学塾を赤坂に開いた英才、今は確か長崎の海軍伝習所にて海防を学んでいるはずの旗本、勝麟太郎《かつりんたろう》さまかと存じます」

「勝どのを……」

小身の旗本で修理之亮よりひとまわりも年上だが、人材登用の秀逸なる幕臣として、勝の名は知られていた。

これも父親が御舟蔵にあるからだろうが、世の中とは狭いものである。

「辰五郎。勝どのが長崎遊学中ゆえ、わたしをいっとき――」

「そいつぁちがう。第一《でいち》、取り入るとか取り込んでいるわけじゃねえ。町火消てえ命を惜しまぬ連中を、お役人同様に使っていただきたいので、親しくさせてもらってるんだ。憚《はばか》りながら、うちの國安《くにやす》は、人を見る眼がある。人品骨柄と腕の立つ幕臣が、勝さまと修理の旦那だったってだけでさぁ」

小頭の國安は、畏《かしこ》まって見せた。

「かもしれぬが、なにゆえ火消なり俠客を食《は》み出るようなことに手を染めようと致す」

「国是《こくぜ》てぇものが、あやふやになっちまってるんでね」

「――――」

若年寄の丹波守が口にしたことばも、国是である。

思わず天井を見上げた修理之亮は、市中にも阿部正弘がいると、おのれの情けなさに愕然《がくぜん》とした。

腹が空く毎日に嫌気がさし、風呂屋の薪割《まきわ》りまでして腹を満たしていた。腹がくちくなれば、岡場所での女買い。今もまた、奥向の美女たちに現《うつつ》を抜かすことに目がない修理之亮なのである。

国を憂《うれ》うとか国是が揺らいでいるなど、一度も考えたことがなかった。

「どうしなさいましたので、修理の旦那。鳩が豆鉄砲を食ったようなというが、鼬《いたち》がおのれの屁を嗅いじまったって顔ですぜ」

祥之進と國安が笑った。しかし、修理之亮は笑えない。

まさに、言い得ていたからである。

昼の膳が運ばれ、まずは腹を満たしてからとなった。

修理之亮には、膳の上になにが出てどんな味がしたかなど、分からない食事となっていた。

食後に上等な羊羹《ようかん》に煎茶《せんちゃ》が出ると、人払いがなされた。

旗本主従と、頭に小頭の四名。話はいつぞやの鬼退治、幕府役人と裏で手を携える商人を懲《こ》らしめる算段となった。

「すべてが良からぬ者とは申しませんが、お役人と新しい成金の組合わせは、二十ほど挙げられます。たとえば――」

「國安。その前に、おれのほうから言わせてほしい。御広敷役となったゆえ託《かこ》つけるのだが、大奥出入りを望む商人があるようなら教えてくれ。尻尾をつかみやすいかもしれぬ」

「そいつぁ願ったり叶ったりだ。國安、いねえか」

辰五郎にうながされ、國安は帖面を睨んだ。

「上州の伊勢崎から出てきた山崎屋という呉服商が、女物ばかりを扱ってます。けど、つるんでる相手は寺社奉行配下の同心で、御広敷に入り込むまでには至っていません」

「囮《おとり》となっていただけますか、修理の旦那」

「おれは卑怯な手を用いたくはない。むしろ、寺社奉行である大名に近づき、幕臣である同心の非を認めさせ、併せて大奥の無節操ぶりを知らしめたいのだが、どう思う辰五郎」

「大きく出なすったね、旦那。それが出来ちまうと、大奥そのものが揺らぐことになりますぜ」

「構わぬ。おれには大奥を縮小せねばならぬとの、役目が課せられている。奥向御用達の看板を、洗い直したいとも考えておる」

「………………」

修理之亮のひと言に、ほかの三人は目を瞠《みは》るだけだった。

祥之進は旗本が大奥粛清《しゆくせい》を口にしたことに、辰五郎は大名に近づきたいと言った修理之亮に、國安は囮という安易な手を用いようとしない男らしさにである。

「小頭どの、山崎屋がつるんでいる同心が通う大名家は」

「お寺社は盤城平藩《いわきたいら》六万石、安藤対馬守《つしまのかみ》さまです」

「承知致した。では、これにて」

立ち上がると、辰五郎が口を開いた。

「新門一家がしておくことは」

「安藤家に出入りする大名火消から、弱いところを聞いて参れ」

「弱いと申しますのは」

「藩主の好みとか、家老の弱点、藩の懐《ふところ》具合などだ。それと山崎屋の動向は、逐《ちく》一《いち》この祥之進を通じて伝えてくれ。頼みおく」

冷めてしまった茶をすすり、羊羹を頬張った修理之亮は颯爽と一家の邸を出た。あわてて従った祥之進は、太刀を帯にと手渡してきた。

修理之亮は外に出ると、酸漿屋《ほおずきや》が天秤棒《てんびんぼう》を担いで通る脇を追い抜き、小さなひと鉢《はち》を買った。

夏の夕暮には、まだ早い。広敷門は閉まる直前で、商人たちが出入りをしていた。

御広敷役の修理之亮を見ると、腰を折り深々と頭を下げ相好《そうごう》を崩すのは、顔が知れ渡った証《あかし》である。

が、市中に出たなら、この中の何人が挨拶をしてくるだろう。多くは顔を背《そむ》け、知らぬふりを通すにちがいなかった。

「役人なんぞ、頭を下げる価値があるものか」

こう思っているだろう。

唐の国に〝衣冠《いかん》の盗《とう》〟とのことばがある。

衣冠とは身分の高い役人であり、こうした者は盗《ぬす》っ人《と》と大差ないという意味だった。

並の盗賊なら捕まえて済むが、公儀のそれも上のほうにある役人ほど口を拭うのが上手いのだ。

袖《そで》の下を得ても知らぬ顔で押し通し、家来の所為《せい》にする。

まさに国是《こくぜ》なることばを忘れ、銭《かね》の亡者と堕《だ》した盗賊ではないか。

銭さえあれば、地震で崩れた塀《へい》も屋敷も直せ、新しくなった土蔵には他家が手放した宝物が入ってくる。

「いやいや。当家は長いあいだ質素倹約を心がけ、それを納めておるまで」

どの面《つら》さげてと言いたいことばだが、証拠はどこにもない。

三代にわたって毒味をしつづけてきた修理之亮には無縁の、手の届かない話でしかなかった。

「さて、敵討《かたきう》ちをするか」

城中の部屋に戻った修理之亮の、第一声である。

「修理さま。大石内蔵助《くらのすけ》は、腹を召す結果を見ましたが」

「上等だ。お偉方と、差し違えてみるのも一興である」

そう言った目の先に、買ったばかりの酸漿《ほおずき》が見てきえた。女の唇そのもののようだった。

銅の壁一枚向こうには、千を数える女たちが廓見世《くるわみせ》の女郎のように暮らしているのだ。

もちろん客を取りはしないし、下城することなど滅多にできないばかりか、宿《やど》下《さが》りをしてもすぐに戻らなければならない籠《かご》の鳥なのである。

身罷《みまか》ってしまった阿部正弘の思いは、厖大《ぼうだい》な出銭だけでなく、そこに暮らす女たちの解放をも視野に入れていたのではないか。

「差し違えるのは、止《よ》そう」

「左様でございます」

分かっているのか、いないのか。祥之進は火鉢《ひばち》に架かる鉄瓶の水を足して参りますと、水指《みずさし》を手に出て行った。

——譜代の大名である寺社奉行までが……。

あってはならない将軍への不忠が、半ば公然とおこなわれているのなら、由々《ゆゆ》しき乱脈と言わねばならない。

が、それを知っている者も気づいた者も、非難するどころか口に出すことも憚《はばか》る今となっていた。

「言いつけたと知られたら、どんな目に遭うやら」

「むしろ仲間となり、わずかなりとも甘い汁が吸えるなら、わが家来どもの嘆きも収まってくれよう」

親代々の知行や家禄が増えることのない武士にとって、背に腹は変えられないというのが本音だった。

商家の手代でさえ蕎麦屋《そばや》の暖簾《のれん》をくぐれるのに、旗本の家来は人目を避けて夜鳴き蕎麦の屋台で立喰いをする。

長屋の子どもは飴《あめ》売りを呼び止められるが、侍の子は指を咥《くわ》えて見るだけなのだ。

武士は食わねど高楊子《たかようじ》なる金言は、もう百年も前に死語となっていた。それでも侍の矜持《きょうじ》はなんとか保たれていたものの、度重なる凶作の中での黒船到来と二年前の大地震が、武士と町人の垣根を取り払っていたのである。というのが理由のようだが、そんな仲間に修理之亮はずっと抗《あらが》っていた。

「米の一粒、鰯《いわし》の一匹も得ることなく、祖先の功名に頼り切って民百姓を下に見つづけていたのではないか。ツケが廻ってきたのだ。耐えるときと考え、辛抱していたなら元に戻るに決まっている」

「修理、おまえの言うのは甘い期待だろうな。確かに黒船の異人が攻めて来たなら、おれたち侍が闘わなければならぬことになる。しかしだ、あの優《すぐ》れた鉄砲や図抜けた大砲《おおづつ》を相手に、真っ向から挑める奴がどれほどいるか」

「負けと分かっても、侍ならば――」

「愚かだよ。今は、戦《いくさ》だって算盤《そろばん》を手にしてするものだ。三十六計、逃げるが勝ちと答えを弾き出される」

「徳川武士のすることか」

「その幕府が祖法だった鎖国を解き、毛唐どもに湊を開いたのだぜ」

「……………」

返すことばのあるはずもなく、その仲間とは話さなくなった。

ここ数日、修理之亮は意味の分からない襲撃を幾度か受けていた。大見得《おおみえ》を切って、大奥粛清とも国是をとも披露していない。にもかかわらず、敵が生まれていたことになる。

そればかりか、後楯《うしろだて》となっていた老中に死なれたのだ。

「どう致せばよい」

火の乏《とぼ》しくなった火鉢を見つめ、声にした。

部屋の襖がいきなり開かれ、祥之進が片手を後ろについたまま唇をふるわせているのは、またぞろ地震の揺れかと思えた。

が、揺れてはいない。

「しゅ、修理さまっ。う、上っ……」

発作だかの起きた祥之進を助けねばと近寄ったとき、修理之亮は腰を抜かさんばかりのことばを耳にした。

「上様より、お呼び立てが修理さまへ」

「おれを、上様が」

大名でさえ、名指しで呼ばれることなどあり得ないことだった。それが千石ばかりの旗本を、なのだ。

不忠義者めと切腹を言い渡すにしても、若年寄配下の者でしかないのだ。といって褒められることの、あろうはずのない身である。

恐れ多いと青くなったり、どうしたものかと赤くなったりしながら、狼狽《うろた》えてしまった。

「ま、まずはお着替えを」

祥之進に促され、足袋《たび》を履き替えるべくその場に腰を下ろしたというより、腰を抜かさんばかりにへたり込んでいた。

「修理さま。上様に拝謁《はいえつ》となりますと、素襖《すおう》に長袴《ながばかま》ではありませんでしょうか」

「ない。左様な礼服、まったく……」

「でありますなら、どなたかに拝借して参ります」

「止せっ。笑われることではなく、いったいなにごとかと不審がられるだけであろう。節句でもないのに呼び立てが一旗本に、となればどんな仕儀となるか」

恥を承知で、修理之亮は紗《しゃ》の紋付《もんつき》と羽織に袴を着けると立ち上がった。

# 五之章　上様ご拝謁《はいえつ》

## 一

いったい誰が修理之亮《しゅりのすけ》を拝謁させんとしたのかと、着替えながら考えた。

「祥之進《しょうのしん》。おれ一人が拝謁のはずは、なかろう」

「しかしながら、ほかの方が呼び立てられている様子はございませんでした」

「新しく御役《おやく》を賜《たまわ》った者たち、あるいは加増された旗本を並べ、おことばをいただくのではないと……」

「はい。上様が直々《じきじき》にと仰《おお》せになられたのは、小姓組頭《がしら》さまではなく、側衆《そばしゅう》の脇《わき》坂《さか》さまでございました」

側衆は将軍の近臣にして、小姓らを支配する重役であり、老中退出後の城中では最高責任者と言える存在である。

あわてた末の着替えが済んで、脇差を手挟《たばさ》んだものの喉がカラカラに乾いてきた。

「水だ。祥之進、水をっ」

湯呑で差出されたくらいでは足りず、番士控部屋から手桶《ており》ごと借りてこさせると、一気に呑み干した。

「さぁ参ろう」

「いいえ、修理さまお一人でとのことでして、わたくしは供侍《ともざむらい》と認められておりません」

「…………」

供侍であったとしても、将軍お目見得《めみえ》に適《かな》わない御家人の祥之進なのである。

すでに汗を見た。といって、衿《えり》もとを開《はだ》けてよい相手のわけはなく、汗となる水をガブ呑みしたことを後悔しただけだった。

城中は広い。また近道なり抜け道が許されるところでもなく、決められた通路を小走りするしかないのだ。

奥土戸御門から中奥へ入り、台所方であったとき歩きまわったところを抜け、将軍の休息どころとなる上段之間の前で平伏《へいふく》した。

「御広敷役《おひろしきやく》、阿部修理之亮まかりこしましてございます」

言ったそばから、息が上がってくる。

「お待ち申しておった。どうぞ、そのまま」

ことばを返した者の顔には、見憶えがあった。将軍お成りになると、決まって見る侍だ。

小姓頭かと思っていたが、ちがった。はじめ初老に見えたのは、地味な身なりと所作が緩慢《かんまん》だったからである。

が、よく見ると肌の艶《つや》や髪は、五十にもなっていないと思わせた。

将軍を前に気負うことも恐縮することもなく、影のように寄り添うさまは小姓や茶坊主とちがっていた。

そのままと言われ顔を上げると、もう男は失《う》せていた。いつもそうだった。

毒見役の頃に誰彼となくどなた様かと訊《き》いたが、一人として名を知る者がいなかったのを思い出した。

「阿部どの。こちらへ」

ふたたびあらわれ、修理之亮はいざなわれた。

上段之間の脇となる下段之間に案内され、そこで待つようにとのことらしいが、床ノ間もない部屋のどこへ座してよいものかも分からなかった。訊《たず》ねようとしたものの、もういなくなっていた。仕方なく入った襖《ふすま》ちかくに貼りつくよう座し、腰を折って面《おもて》を下げた。

幸いなのは、汗が引いたことである。

動顚《どうてん》が収まったことで、まもなくはじまる拝謁の意味を考え直そうとした。

「………」

まったく見当もつかないことでしかなかったが、どうとでもしやがれとは思えないままである。

昨日までの修理之亮ではないのだ。国是を身にまとおうとする今、切腹も打ち首も甘んじて受けるつもりにはなれなくなっていた。

「おれは、国士なり」

十年一日の毒見役が、目覚めてしまったのである。といえば聞こえはよいが、働き甲斐なるものに面白さを見出しはじめたのだった。

確かに将軍が箸をつける一つの膳のために、三十八名が一刻《いっとき》ものあいだ、じっとしたままでいたときに比べるなら、頭や気をつかう今のほうが張りあいがある。

これから将軍がなにを命じてくるにせよ、修理之亮は断わるしかないと決めた。

「上様、お成りにございます」

件《くだん》の侍が放ってきたことばに、身を固く畏まった。

目の端で大きな襖が音もなく開いてゆくのを捉えると、ふたたび声がしてきた。

「阿部どの面を」

「ははっ」

ゆっくりと胸から持ち上げ、そっと目を向けると、真っ白な足袋《たび》と金糸銀糸の袴《はかま》が見えた。

「久しいの、修理」

「上様にお憶えいただきしこと、末代までの誉《ほまれ》にございまする」

「うむ。去年の暮であったかの、この蕗《ふき》は旬に近けれど味は今ひとつと申して以来、そちは顔を出さなくなった……」

「恐悦至極に存じます」

将軍家定《いえさだ》は、直言をした修理之亮が御前を外されたことまで知っていたのだ。

その尊顔を焼き付けようと目を上げた修理之亮は、わずか半年あまりで衰弱してしまっている家定を見ておどろいた。

三十半ばのはずだが、五十男そのものだった。おまけに立っていられないのか、床几《しょうぎ》に腰を下ろしていたのである。

顔いろを見ると、薄く化粧を施しているらしく、人形のようだ。

それぱかりか話すのも難儀なのか、肩で息をしていることにもおどろかされた。

「大岡」

家定は力なく件の侍に声を掛け、立ち上がろうとした。部屋にはほかに人もなく、修理之亮はすぐさま手助けに駈け寄った。

左右から家定を支えて立たせたが、あまりに軽いことに愕然《がくぜん》とした。

大岡と呼ばれた侍が、上様は重篤な病《やまい》にあられると目で言った。さらにおどろかされたのは、次に出たことばである。

「このまま上様を、御鈴廊下《おすずろうか》へ」

「柳営《りゅうえい》に、向かわれるのでございますか」

「いかにも。されど、この大岡は敷居を越えるわけには参らぬ」

「わたくしめも、同様です」

「そなたは下《しも》の御鈴廊下を、渡っておろうが」

「――――」

切腹どころか、打ち首に値《あたい》する江戸城における禁制を、大岡は将軍の前で口にしたのである。

ところが家定は口元をほころばせ、二度うなずいた。

「ふふっ。五代綱吉《つなよし》公の折、柳沢がそうであったそうな……」

柳沢吉保《よしやす》と修理之亮のみが、大奥ご免になったのだということらしかった。

五百石余の小姓から大老格の大名にまで駈け昇った元禄の今太閤《いまたいこう》と、同じであるわけもない。

修理之亮は生まれてはじめて、武者ぶるいなるものを身体が感じた。

「この先は、そなたが上様を奥向《おくむき》へ」

大岡は家定を修理之亮ひとりに預けると、懐《ふところ》から大きな鍵を取り出し、上《かみ》の御錠口を開けた。

いつもであれば鈴が鳴らされるのを合図に、大奥の側から厚い扉が開くのだが、今日ばかりは予告なしの解錠となったのである。

長い廊下には、奥女中ひとりいなかった。

家定は修理之亮に肩を預けたまま、一歩ずつ奥へ向かいはじめた。

「あっ」

ときならぬ上様のお成りに、大奥じゅうが慌てふためいているのが見えてきた。

「女どもを、余に近づけるでない」

耳元に、家定の囁《ささや》きが降ってきた。

おどろいた修理之亮に、家定は泥酔漢《のんだくれ》を思わせる様子で抱きつくと、小さいながらも鋭い声を放った。

「この廊下だけは、耳役がおらぬ。今の大岡は、乳母同然である瀧山《たきやま》の甥《おい》じゃ。この二人と老中の伊勢守、この三人が余を人として見ておった。伊勢守は残念なこととなったが、その後継はそちぞ」

「滅相《めっそう》もなきことを――」

修理之亮の口に、家定の掌《てのひら》が被さった。

廊下の奥から、相当な格とおぼしき老女を先頭にした一団が、すべるように近づいて口を開いた。

「上様。ひと言もなく柳営へのお成りは有難く存じますなれど、そこなる供の小姓はいかなることにございましてか」

「歩くが思うに任せぬでの」

「なれば、女どもが輦《れん》を持参いたしますゆえ――」

「女《お》なごの担ぐ物は、嫌じゃ」

首をふっているところに、ほかの一団もあらわれた。

大奥へのお成りは、どの一派の女に手が付くかが最大の関心事となるが、今日ばかりは仕度がまにあわなかったのである。

居並ぶこともできず、全員が膝をつくだけだった。

その中に御年寄の瀧山が見えないのは、甥の大岡が前もって知らせておいたのだろう。

閉ざされた大奥の奇《き》っ怪《かい》さは、これだけで分かった。と同時に、将軍がしたい放題の龍宮城ではないことも見えてきた。

家定は修理之亮にもたれたまま、女たちを手の甲で払うように遠ざけた。

すると家定は、御錠口へ後戻りをしはじめた。

「余には子がおらぬ。世子《せいし》を誰にいたすか、ひと騒動あるやもしれぬが、右顧左《うこさ》眄《べん》するでないぞ」

「はっ。徳川幕府を守り――」

「ちがう。幾千万の民百姓を思い、将来の是《ぜ》とするところを目指してくれ」

「国是でございますか」

「おぉ知っておるか、国是なることばを」

「……………」

修理之亮は知らず泣いていた。自分でも信じられないことだった。

ものごころついてこの方、涙を流した記憶はない。悔しかったこと数知れず、辛いときもあれば悲しい思いもした。

しかし、泣くとは武士にとって恥ずべき行為と思っていた。それが――

嬉しくて、有難くて、涙が止まらなくなったのである。

「よいか修理、そちは阿部伊勢の後嗣《こうし》なるぞ。幕府の政《まつり》ごとに参画せずとも、徳川家を、この奥向から支えよ」

「畏《かしこ》まりまして候」

「余は、そう長くはあるまい。次の――」

「なにを仰《おお》せにございましょう。いついつまでも、上様として……」

答えたものの、支えている家定の身の軽さに、修理之亮は次のことばがつづけられなかった。

――近い内に上様が、代替りなされ……。

次の十四代将軍は誰とも決まっていないが、大奥の女たちの半数ほどが入替えになるだろう。

御年寄の瀧山が残ってくれさえするならとは、あまりに虫のいい話だ。江戸派とされる女たちが一掃されることは、修理之亮が孤立無援となって闘うことを意味した。

しかし、一矢《いっし》でも報いるために、奮闘せねばならない。

身体じゅうに力が入り、知らず家定を抱きかかえてしまうと、廊下の奥から見ている女たちがざわついた。

「このままでよい」

「はっ」

立ったまま将軍を抱きかかえた男が、かつてあったろうか。

あまりに畏《おそ》れ多いのと非礼千万にすぎることに、修理之亮は動けずに立ち竦《すく》んでしまった。その耳元に、家定は囁《ささや》いた。

「思い出すのう、乳女《めのと》に抱えられて西ノ丸の廊下を往《い》ったり来たり……。夢のようぞ」

「もったいなきおことば、この修理之亮には過ぎますお話」

「美辞麗句は、この場に無用。余が生きておる内、そちがしておいてほしいことを申せ」

「非礼を承知の上、申し上げます。瀧山さまを、残し人《のこびと》に――」

「やはりな。甥の大岡は無理でも、瀧山は奥向に残らねばなるまい。されど、いかにして……」

残し人とは、将軍の代替りの際に引きつづき大奥勤めをする女をいう。が、それを決めるのは次の将軍と、その取り巻きたちなのである。

遺言をしたためたところで、握りつぶされかねないのだ。家定は考えあぐねていた。

家定薨去《こうきょ》となれば、将軍の用人である大岡は排斥《はいせき》されるにちがいなく、阿部伊勢守《いせのかみ》の亡きあとの奥向が荒れはじめるだろうことは、修理之亮にも分かった。

「不肖《ふしょう》この修理之亮めが、一計を案じてみとう存じます」

「心強く思うぞ。それでこそ伊勢の弟」

「――」

なにごとも考えることなく済ませる「そうせい様」と陰口を叩かれていた家定は、阿部正弘と二人三脚だったのだ。

自身をことさら尊大に見せる天下びとはいても、愚鈍を演じる将軍がいただろうか。

「これ、苦しいではないか」

修理之亮は知らず、家定をきつく抱きしめていた。

二

上《かみ》の御鈴廊下を出ると、大勢の番士が平伏《へいふく》したまま待ち構えていた。

御典医《ごてんい》が駈けつけ、家定の脈を診《み》る。その顔に、修理之亮が余計なことをしたのではないかとの目があった。

それでも用人の大岡が、満足げな顔をしていることに救われた。

広敷の部屋に戻ると、祥之進が中ノ間に御年寄がと待ちかねていた様子で駈け寄ってきた。

そこにいたのは、やはり瀧山である。

お付きの女もなく、たった一人だったのが残念に思えた。しいまでなくとも若い奥女中がいるだけでも、気が安まる修理之亮となっていた。

将軍を抱えた修理之亮は、ふたたび緊張しなければならなかった。

「ただ今は御鈴廊下におりましたゆえ。お待たせ致し——」

「大胆なことを致したそうな」

「はっ。上様はお立ちつづけなりづらく、無礼をも省《かえり》みず……」

「ほほ、ほっ」

瀧山が笑うのを、はじめて目にした。

人の笑う声なりかたちは、その人物の本性をあらわすという。それで言うなら、瀧山の笑いは絶品だった。

品も格もある上に、艶《つや》を帯びていたのだ。

修理之亮の母親より十ばかり年上にもかかわらず若く華やいで見え、思わず吸い寄せられるように膝を進めた。

「なにを申し上げてよいやら。上様は瀧山さまと手を携え、奥向の改革をと仰《おお》せにございました」

「甥《おい》の大岡とも話しておるが、わらわがいつまで柳営にとどまれるものでもあるまい」

「わたくしめの浅知恵なれど、瀧山さまを煙たく思う一派の粗《あら》を突き、なくてはならぬご重役と認めさせるのはいかがでしょうか」

「粗、すなわち疵《きず》なり怪《あや》しい者を炙《あぶ》り出せと」

その手もあったかと、瀧山は天井を見上げて考え込んだ。

縦長の鼻の穴が聡明さを際立たせるも、黒く染めた髪の根に白髪を見つけると、その苦労のほどが推し量れた。

「八重《やえ》と申す中臈《ちゅうろう》の部屋に、先ごろ新しい奥女中が入った。その者、足繁く広敷を出入りしておるばかりか、大奥御用の看板を呉服商へもたせるべく働いていると聞いておる……」

御用達の看板を得ることは、見返りが奥女中の一派へ入ることになる。不正ではないが、大奥でも銭は大きな力をもつことにつながった。

修理之亮は、八重という名を憶えている。張形《はりかた》を弄《もてあそ》んで抜けなくなった女だが、それは恥ずかしいことであっても、悪いこととは思えないでいた。

「広敷のほうでも探るべく、わたくしも見守っておきます。その新参女中の名は」

「うい」

「――――」

深川芸者小龍《こりゅう》が借銭《しゃくせん》の形《かた》に、大奥へ押し込まれたと嘆いていた妹の有衣《うい》ではないか。

「いかがしてか、修理。そなたの知り人か」

「他所《よそ》で耳にした話でありますが、嫌がるのを大奥へ無理に送り込まれた御家人の娘であると……」

「嫌々御城に上げられた女が、喜々として働くとは思えぬ」

「そうかもしれませぬゆえ、直《じか》に会って確かめるのが肝心と思われます。数日のご猶予をねがいます」

「頼みおきますぞ」

出てゆく瀧山を見送りながら、修理之亮は気《き》っ風《ぷ》のよい深川芸者を思い返した。

あの小龍の妹、それも御家人の娘ではないのか。まちがっても邪《よこし》まな真似はしないだろうと、下の御錠口に入ってゆく御年寄の背につぶやきを投げつけた。

祥之進が一枚の書付《かきつけ》を、修理之亮に手渡した。

「瀧山さまがお呼び立てのさなか、修理さまへ浅草の新門《しんもん》一家の者が御城に持って参ったそうです」

走り書きに近いものだったが、寺社奉行の安藤対馬守《つしまのかみ》屋敷に出仕《しゅつし》している同心の中で上州伊勢崎の呉服商山崎屋とつるんでいるのは、羽田《はだ》庄左衛門《しょうざえもん》と判明。おかしなことに山崎屋が呉服を商いはじめたのは今年からで、それ以前は同じ上州桐生《きりゅう》で女郎屋をやっていたと書かれてあった。

女物の呉服であれば、女郎と関わりがなくはない。しかし、上州あたりの色里の女が、絹物を着るとは思えない……。

安政四年の大奥は、魑魅魍魎《ちみもうりよう》が跋扈《ばつこ》するところになりつつあるようだ。黒船の到来にはじまり、条約の締結と開港、そこへ大地震があって、幕府の中心人物だった阿部伊勢守の死、そして将軍は衰弱……。

商人に限らず、隙を盗んで付け入ろうとする者はどこにもいそうだが、考えたところで良い結論の出るはずもなく、眠気を催してきた。

拝謁の疲れから、夕餉《ゆうげ》の膳も取らず横になった。今夜は宿直《とのい》と決めている修理之亮である。

自邸より数段よい夜具は、深い眠りをもたらせてくれた。

御広敷添番《そえばん》の松本治大夫《じだゆう》に、山崎屋という呉服商を訊《たず》ねたが、聞いたこともないとのことだった。

なればと広敷門の番士竹村新八《しんぱち》に話を向けると、案の定の答が返ってきた。

「多分ですが、呉服屋とは思えない主従が上州伊勢崎の出と申して、御使番のお女中を訪ねて二度ばかり」

「寺社方を通してであろう」

「よくご存じで。幾度も寺社同心の羽田さまの名を出し、身元は確かだと申しておりました」

「そなたはなぜ、呉服屋には見えないと思った」

「広敷番となって二十五年。歩き方、手つき、話しぶり一つで、呉服屋か太物屋《ふとものや》か小間物《こまもの》屋かの区別はできます。伊勢崎からと申す主従は、どう見ても深川あたりの女郎屋の顔でした」

「…………」

こんなところにも目利きがいることに、修理之亮は嬉しくなった。

「で、訪ねる御使番《おつかいばん》は、ういと申す若いお女中でした」

「ういと申すのは、確かであるな」

「はい。新参のようですが、目端《めはし》の利く勝ち気を見せる奥女中さんで、奥向には珍しい御使番です」

「――――」

芸者である姉の言っていたことと、ちがいが出た。

ういが脅されているなら、考えられなくもない。しかし、そうであっても少しは言動に躊躇《ちゆうちよ》が出るものだろう。

「竹村。その呉服商があらわれたなら、すぐに教えてくれ。これは少ないが、上《じよう》酒《しゆ》でも」

いつぞやの恩返しも含め、一分《いちぶ》銀《ぎん》二枚を握らせた。


待つほどのこともなく昼下がり、山崎屋の主従が寺社方同心の羽田庄左衛門とともに広敷にあらわれた。

おどろいたのは、いきなり玄関脇の小部屋に上がり込んで、ういをと名指したという。

「寺社奉行安藤対馬守さまの肝煎《きもい》りだと威張って、入ってしまいました」

「よかろう」

修理之亮は狡いと知りつつも、小部屋とは板襖《いたぶすま》一枚隔てた物置どころに潜んだ。

顔は見えないが、声はハッキリと聞こえた。

ういがあらわれると、男三人の声が上がった。美しい女を見たときのそれで、舌舐めずりの声である。

姉同様の美人なのだろうが、ういの声柄にはひと癖あった。

「御用達の看板のほうは、ひと月ふた月ではどうにもなりませんというのです」

ことば尻に、耳に障る険《けん》が感じられた。しっかり言い切り、ことばそのものを投げているのだ。

修理之亮は顔を見ず声だけ聞いたことで、ういの人柄を想像したのである。まだ十六とのことだが、男を知った年増《としま》の太々《ふてぶて》しさが匂っていた。

「まぁ御用達のほうはいずれのこととして、寺のほうの目鼻がついた。ところは四ツ谷の寺まちの中、昨年暮より無住となっておる」

「羽田さまのお陰で、こちらの仕度ができたことを伝えま……」

声がひそめられ、その先の話は聞こえなかった。それ以上に、夏の物置どころは暑すぎた。

そっと出て、広敷に来た奥女中が戻る御錠口の近くに待つことにした。

寺社方の役人が同席しても、女とまちがいがあってはならない。四人はすぐに出てきたのである。

小役人ぶりを見せる寺社方同心の羽田、商人ではなく岡場所の女郎屋主従としか見えない山崎屋、そして新参の奥女中ういは姉の小龍より年上の大年増のようだった。

ういは御広敷役の修理之亮に気づくと、伏し目がちになって膝をつき、深々と頭を下げた。

その様はもう十年も勤めているといった風情で、目鼻だちが整っているだけに昼の夜叉《やしゃ》を思わせてきた。

——姉までも騙してか。

下げた女の頭に、ことばを降りかけた。

いったい、なにを企《たくら》んでいるのか。締め上げたところで吐くような、従順な女には見えなかった。

幕府御家人の同じ屋根の下に育った姉妹が、これほどまでにちがうことを考えてしまう。

——とするなら、締め上げるのは男どもだ。

山崎屋の居どころは新門一家に探らせ、修理之亮は羽田を同心として抱える寺社奉行の安藤対馬守に会うことにした。

細面《ほそおもて》にして目が切れ長の対馬守は、名君の噂を彷彿させるに十分な大名だった。

寺社奉行は譜代大名にとって出世の登龍門でしかなく、もとより重要な仕事といえるほどのものはない。

御広敷役の修理之亮が訪れたことに首を傾《かし》げたものの、亡くなった阿部伊勢守の弟だと茶坊主に教えられ、やさしい目つきになった。

「伊勢守どのは、惜《お》しゅうござった。それもであるが、昨夜の御鈴廊下での武勇伝、わしも聞いておる」

「お恥ずかしい限り、面目次第もございません」

「なんの。いずれは柳沢吉保公かと、評判のようである」

「滅相《めっそう》もなきこと、お揶揄《からか》いになられては困ります」

「して、用向きはなにごとなるや」

「は。対馬守さまにおかれましては寺社方同心を、広敷へ向かわせることがございましたでしょうか」

「広敷へ寺社の者をとは、面妖《めんよう》なり。御台《みだい》様に関わることなど、この対馬もだが、寺社としてあり得ぬ話」

安藤対馬守の顔には動揺ひとつなく、いったいなんのことかとの不審が見て取れた。

「つまらぬことにお手間を取らせてしまったようで、お詫び申し上げます。実は寺社方同心一名が呉服商人を伴い、広敷へ参りました」

「同心の名は」

「羽田庄左衛門。いえ、寺社方同心は幕府より配した役人なれば、対馬守さまに非はございませぬ。おそらくは商人へ御用達の看板をとの利便を図らんとしたのでありましょう」

「当今流行《はや》りの口利きとやらか」

「そのようではございますが、羽田への処断はせねばなりません。お奉行の許しを得たあとにと、まかり越しました」

「御広敷役も、出入り商人の不始末にまで目を光らせねばならぬとは、察するに余りある」

「恐れ入ります。なれば羽田のこと、こちらで処置致します。後任の同心は、すぐに補うべく申し置きます」

修理之亮が見た限り、安藤対馬守信正は清廉《せいれん》の人に思えた。さすが老中を代々輩出する大名家ならではであり、どの門閥にも属さない融通の利かなさが動かない眉にまで見えた。

「では、これにて御免をこうむります」

寺社奉行の用部屋から広敷に戻りながら、修理之亮は考えた。

——さて、どうやって……。

同心の羽田を処断することなどわけもないが、それだけでは大奥の粛清《しゆくせい》にはならない。そうではなく、修理之亮が気になっているのは、ういという奥女中のほうだった。

どう想っても、有衣は泣く泣く御城奉公に上がったとは考えられなくなってきた。

修理之亮の目には、したたかで狡猾《こうかつ》な女にしか映らなかった。

もちろん自分の眼力に、自信などない。とりわけ女の涙に、ことのほか弱い男なのだ。

深読みするなら、姉の小龍ともども嘘つきなのではないか。となると、修理之亮は何者かに仕掛けられているとも考えられた。

「阿部さま。そちらより先は行灯《あんどん》部屋で、城中のどん突きにございます」

茶坊主に声を掛けられたことで、われに返った。

「いや。その、なんだ……」

御広敷役は人を裁くことも、詰問《きつもん》することもできない。あくまでも疑念を申し述べ、それなりの役にある者に委《ゆだ》ねるほかないのだ。

安藤対馬守のことばではないが、当今は袖《そで》の下がまかり通って久しい。ということは、寺社方同心なり奥女中に疑念がと言ったところで、途中で誰かが握りつぶすことは大いに考えられた。

広敷に戻った修理之亮は、祥之進にあらましを聞かせ、新門辰五郎《たつごろう》に山崎屋と深川芸者の小龍を精査してくれるよう頼むことにした。

「生半可な問い詰め方ですと、逃げられたりしませんでしょうか」

「そうだな。辰五郎に申しておけ、いかなる責問《せめど》いをしても構わぬと」

「承知致しました。深川芸者のほうも？」

「ははは。御家人の、それもまっとうな武家の娘だ。意に沿わぬこととなれば、死んでも口を割らぬ。芸者のほうは、周辺を洗っておけとだけ申せ」

祥之進は出て行った。人を使うことに馴れていない修理之亮だが、若い見習は十二分に意を汲み取ってくれた。

# 三

気が短いのか一家の子分が優れているのか、三日後に辰五郎が祥之進へもたらせた話は意外どころか、信じ難いものだった。

「山崎屋はやはり呉服屋とは偽《いつわ》りで、女郎屋稼業の主従でした」

祥之進が聞いた話は、山崎屋主従を納屋《なや》に押し込んで責め上げると、すぐに白状をしたという。

「町奉行所なみの手荒い責問いを、侠客《きょうかく》を謳《うた》う新門一家がやったのか」

「石を抱かせるとか逆さに吊るすというのは奉行所の脅《おど》しでしかないそうで、あんなことをしたら口を割る前に死んでしまうと申しておりました」

「なれば、どのように」

「色々あるそうですが此度《こたび》は、生爪を剝《は》がしてゆくやり方だったとか。竹篦《たけべら》を爪と肉のあいだに挿《さ》し入れ、少しずつ剝がしながら塩をすり込んで参りましたそうです」

「痛そうだな」

「はい。山崎屋の主《あるじ》と番頭は、ともに一本目で音《ね》を上げたとのことでした」

「で、なにを白状した」

「宿下《やどさが》りをする奥女中を、売っていたと」

「売るとは」

「春を鬻《ひさ》がせるのです」

「無理やりにか」

「そこが不思議で、嫌々でも堕ちてしまったことで、喜びかねない奥女中がいるのだと言ってました」

「本当に嫌がった者はどう致す」

「猿轡《さるぐつわ》をかまし、夜の大川へ重石《おもし》をつけて沈め、御城へは実家にて病死と届けがなされるのだそうです。しかし多くの女は、一度犯られてしまうと大人しくなってゆくものだと……」

ほとんどの奥女中は町人出の、将軍お目見得にはなれない下女に類する者だが、市中にあれば飛びきりの美人なのである。買い手は幾らでもあった。

値《ね》は十両以上。買い手は口が堅いどころか、口を割ったが最後お取調べもないまま闇に葬られてもいいとの一札《いっさつ》を書かされていたという豪商ばかりだと付け加えた。

「いつより、左様な大それたことを」

「この春からだそうで、すでに千両は大奥へもたらされているはずだと申しております」

「馬鹿な」

「そうなのです。町奉行所もそれとなく嗅ぎつけはじめたそうですが……」

「廃寺と申しておったのは、それか」

「はいじとは」

「待合茶屋などでは、町方に踏み込まれる。しかし、破《や》れ寺《でら》なれば調べるわけにも参らぬ」

「考えますものですね。しかし、寺での話はなかったようです。その山崎屋ですが、まだ新門一家の納屋におります。どうしましょうかと、辰五郎どのが申しておりました」

「こればかりは町方に預けるほかあるまい。世間に知られるわけには行かぬといって、ういとやらを引き出すのも……。そうだ、今ひとりの深川芸者のほうはどうであった」

「そっちの話なのですが、新門一家の若い者が姉の小龍に妹の不行跡をそれとなくしゃべってしまったそうで、話をしてくれないどころか塩をまかれてしまったのだとか……」

「当人に訊《き》きに参ったのか」

「のようです。小頭《こがしら》の國安《くにやす》が、向かわせる野郎をまちがえたと謝まっておりました」

「仕方あるまい。しばらくは奥女中の宿下りも、大人しくなるであろう。その内に次の展開があれば、尻っ尾を出すはず。御苦労であった」

半年余で、大奥に千両も入った勘定になる。将軍不在の柳営が、とんでもないことになっていた。

大奥の老中格とされる瀧山に伝えておかねばと、修理之亮は筆をとった。

五日がたち、瀧山から返事が届いた。奥女中ういが、明日一日だけ宿下りをするとしたためられてあった。

はっきりとは分からないものの、瀧山が墓参を命じたらしいと読み取れた。ところは深川の、浄心寺《じょうしんじ》。

戦《いく》さの世に翻弄《ほんろう》された千姫《せんひめ》、ゆかりの寺である。

修理之亮は御台所さま名代《みょうだい》の奥女中ういを乗せた姫駕籠《ひめかご》の筆頭供侍《ともざむらい》として、短い行列の最後尾についた。

姫駕籠は大川を新大橋で渡り、あちこちに材木置場のある深川の地に入って行った。

この辺りは大名家下屋敷が多く、午《ひる》まえでも閑散としている。ましてや陽が昇りきる時刻ともなれば、夏の今は暑い。

早くも笠の下に、汗を見た。

浄心寺の門前は丁寧に掃き清められ、御城の使者を迎える仕度が整っていた。ところどころに蚊遣《かや》りが焚《た》かれているのは、深川名物の藪《やぶ》っ蚊退治である。

南へ少し下ると深川名所の岡場所で、こちらも昼のさ中は人通りが少ない。

「代参さま、ご到着」

先頭の侍が声を上げる。住職らが深々と頭を下げる中、姫駕籠から玄関口まで小坊主たちが白い布を敷きはじめた。

この上を御台所さま名代が、足袋《たび》のまま歩くのだ。

駕籠から出てきた奥女中の顔は、まことに晴れやかだった。

ういの大奥での身分は低いはずだが、破格の扱いを受けているのはまちがいなかろう。

十六歳の小娘が、輿入《こしい》れの花嫁ほどに輝いていた。

――出世とは、男に限るものではないか……。

広い山内《さんない》は凝りに凝った庭をもち、徳川将軍家菩提寺《ぼだいじ》でもないのに壮麗さを見せている。

四十名はいる僧侶たちは袈裟《けさ》を着け、代参の奥女中に腰をかがめたまま、上目づかいを崩さない。

端のほうに、尼僧もいた。奥女中が使う雪隠《せっちん》への、案内役に雇われたのだろう。

「ひと休みなされたのち本堂での読経《どきょう》、そして墓参となっております」

住職のことばに、ういは大仰《おおぎょう》にうなずくと帛紗《ふくさ》に包まれた布施を押し出した。

ういは無言である。おそらく、なんと言ってよいのか知らないのだ。即席の名代の、悲しさだった。

「暑い中、まことにご苦労さまでございました。どうぞ、お喉を潤し下さいませ」

抹茶が出されたようだが、ういは碗《わん》を手にしておどろいた。

「はい。井戸の水にて、冷やした薄茶《おうす》にございます」

「…………」

冷えた抹茶は、修理之亮にも運ばれてきた。

夏の盛りは熱い甘酒が暑気払いとして出されることが多いが、これはなんとも贅沢なもてなしだった。

あたりさわりのない寺の縁起を住職が語るのを、ういは晴れやかな表情を崩すことなく聞いていた。

曲がりなりにも御家人の娘だったのであれば、千姫が二代将軍秀忠《ひでただ》の娘で豊臣秀頼に嫁がされたことくらいは知っていたのだろう。相槌《あいづち》の打ちどころは、外さなかった。

読経が済んで、修理之亮は厠《かわや》で用足しをと本堂の回廊を奥へ歩いた。どの床も磨き上げられ、足袋が滑るのではないかと思えたほどである。

先刻の尼僧が控えていた。頭を被う白い布が、やけに大きく見えた。

――頭のでかい女も、いるものだ。

厠で用を足していたときだった。

ガツン。

音がしたと思ったとたん、目の前がチカチカして暗くなり、膝から崩れ落ちるのが自分でも分かった。

目がまわるので、身動きが取れない。足元のあたりに、なにかが触れた。首を廻したところに、尼僧がいた。

「あっ、小龍」

「申しわけございません。仕方がなかったのです」

言いながら修理之亮の足首を、腰紐らしき物で縛《しば》りはじめた。

「な、なにを致すかっ」

「決して、逃げも隠れもいたしません。どうしても、しておかねばならないのでございます」

小龍は修理之亮に猿轡《さるぐつわ》をかませると、脇差を抜き取り、懐《ふところ》へ隠して出て行った。

「…………」

頭がクラクラする修理之亮は、身体が思うようにならないまま、厠の床に倒れた。

墓参がはじまるらしく、ういを中にして僧侶たちが外へ出て行く。その背後に、尼を装う小龍が従った。右手が懐に入ったままである。

間見えた。

蟬《せみ》が喧《かまび》しく鳴いている中を墓参の列は粛々と進んでゆくのが、厠の下窓から垣間見えた。


——ばかっ、馬鹿を致すでないっ。

声にならないのが歯痒く、必死に手足を動かすものの、縛られた紐は解けないままである。

墓所に入ると、各々は首から上しか見えなくなった。列の一番後ろを、尼僧姿の小龍がうつむいたまま歩いてゆく。

——なにを致すのだ。

修理之亮は、眼を剥《む》いた。

人影が動き、僧たちの列が乱れたのである。

白い姿が、先頭にいる奥女中に近づいて行った。修理之亮には見えないが、確かに悲鳴が上がった。

誰もが固まり、鳴き止んだ蟬同様に立ち竦《すく》んでしまっていた。

「お、お医者をっ」——

僧侶の声が届いたのを最後に、修理之亮は失神した。

厠の床に転がされていた修理之亮は、小坊主に発見され、医者の手当てを受けていた。

「気づかれたようですな」

「いったい、なにが」

「ご貴殿は尼僧を装った女に後頭部を心張棒《しんばりぼう》で叩かれ、縛られておったのです」

「女は」

「御台所さま名代を刺した女ですか。自らも死のうとしたところ、ご住職に止められました」

「その後は？」

「寺社方が駈けつけ捕えました。刺された奥女中は手当ての甲斐なく、仏となって庫裏《くり》に」

「…………」

姉が妹を刺し殺したことが、信じられなかった。

日暮れが近いのか、烏が鳴きながら飛んでゆくのを聞いた。

芸者小龍は妹殺しとされ、寺社方の女牢に入れられた。

取調べで、小龍はなにもかも話したという。

御家人の姉妹で、親の借銭《しゃくせん》に身を売られそうになったこと。姉は妹を助けるために芸者となったが、妹は貢《みつ》ぎ物となったのではなく自ら進んで御城奉公をしていたのだった。

「姉のわたくしは、知りませんでしたのです。妹のしたたかな性格と、身勝手さを。おのれさえ良ければ人さまなどどうなってもよい、さような卑しい性根《しょうね》でございました……」

うなだれたまま、小龍は真情を吐いた。

「されど、殺すほどではあるまい」

寺社奉行のことばに顔を上げた小龍は、鋭い目を返して言い放った。

「瘠《や》せても幕臣、御家人の子でございます。人さまに迷惑を掛ける者など、あって良いものでしょうか」

聞いた奉行の安藤対馬守は、眉を寄せるばかりだったという。

修理之亮はあまりの遣る瀬《せ》なさに、話を聞いてきた祥之進へことばを継げずにいた。

叩かれた頭の傷も癒えた修理之亮は、小龍に会うべく寺社奉行方の女牢を訪れた。

女ゆえ、切腹はあるまい。打ち首となるか、遠島で済むかを訊きたかったのだ。

「わざわざ会いに参ったとは、科《とが》びとが美人ゆえか」

「お揶揄《からか》いは、止《よ》しにねがいます。対馬守さま、妹を討った姉の処断は」

対馬守は切なそうに眉を寄せ、ひと言つぶやいた。

「死んだよ」

「えっ」

「入牢中、水の一滴をも飲まずに衰弱してな」

「…………」

「妹の有衣と共に、先祖代々の菩提寺へ葬《ほうむ》った」

言うそばから、対馬守は笑い顔を見せた。

「お奉行――」

「武家の姉は死んだ。芸者の小龍は、江戸所払《ところばら》いだ」

修理之亮は名奉行の裁きに、頭を下げた。そして屋敷をとび出した。

どのような経緯《いきさつ》で小龍が妹の行状を知り、寺社奉行までがそれらを知り得たか知るよしもないが、すべては大奥御年寄瀧山の描いた絵図面の中にあった気がする。

知らぬまに、秋口のやわらかな陽射しが降りそそいでいた。江戸はやがて秋。

コスミック・時代文庫

# 御《お》広敷役《ひろしきやく》 修理《しゅり》之亮《のすけ》
## 大奥ご免！

2024年2月25日　初版発行

【著 者】
早瀬《はやせ》詠一郎《えいいちろう》

【発行者】
佐藤広野

【発 行】
株式会社コスミック出版
〒154-0002 東京都世田谷区下馬 6-15-4
代表　TEL.03(5432)7081
営業　TEL.03(5432)7084
　　　FAX.03(5432)7088
編集　TEL.03(5432)7086
　　　FAX.03(5432)7090

【ホームページ】
https://www.cosmicpub.com/

【振替口座】
00110-8-611382

【印刷／製本】
中央精版印刷株式会社

乱丁・落丁本は、小社へ直接お送り下さい。郵送料小社負担にて
お取り替え致します。定価はカバーに表示してあります。


ISBN978-4-7747-6537-2 C0193